回　放

◎雷争放　编著

西北大学出版社

图书在版编目（CIP）数据

回放/雷争放编著. —西安：西北大学出版社，2017.5

ISBN 978 – 7 – 5604 – 4054 – 5

Ⅰ.①回…　Ⅱ.①雷…　Ⅲ.①新闻—作品集—中国—当代　Ⅳ.①I253

中国版本图书馆 CIP 数据核字（2017）第 144255 号

回　放

雷争放　编著

出版发行：西北大学出版社
地　　址：西安市太白北路 229 号
邮　　编：710069
电　　话：029 – 88303593
经　　销：全国新华书店
印　　装：西安华新彩印有限责任公司
开　　本：880 毫米 ×1230 毫米　1/32
印　　张：5.5
字　　数：135 千字
版　　次：2017 年 6 月第 1 版　2017 年 6 月第 1 次印刷
书　　号：ISBN 978 – 7 – 5604 – 4054 – 5
定　　价：26.00 元

日新月异的富平县城频阳大道

刘爱民摄

　　一架飞桥南北,横跨石川河的省道106石川河大桥,使富阎一体化更加便捷

刘爱民摄

水波潋滟，由陕西土地投资建设集团投资兴建的石川河生态公园

刘爱民摄

双龙卧波，由陕煤集团投资建成的温泉河湿地公园

刘爱民摄

富庶太平,建于富平温泉河湿地公园内地名标志
雕塑

刘爱民摄

晚霞与灯光辉映下的温泉河湿地公园

刘爱民摄

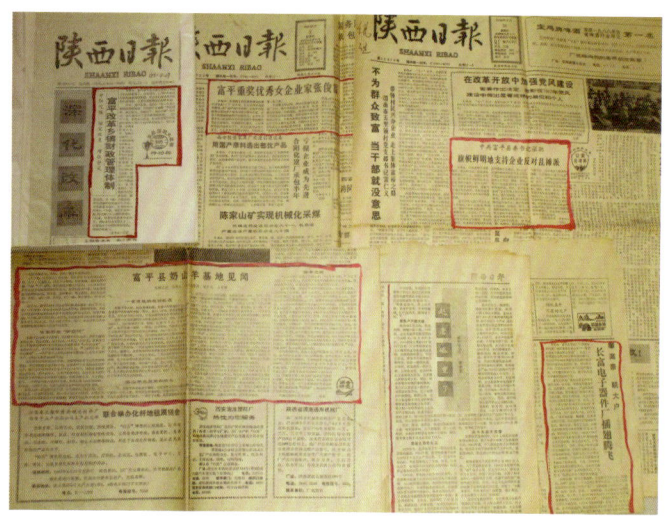

雷争放发表于《陕西日报》的部分稿件剪影

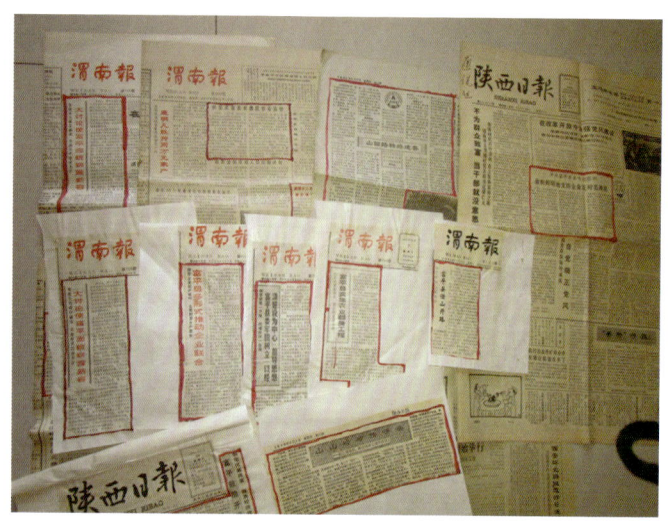

雷争放发表于《渭南报》的部分稿件剪影

书序"三言"

任中南

关于这个集子,作者已经有了一篇后记,很客观也很真切。然而雷争放可能觉得后记只是自言其说,所以又专程前来索序与我。"序"什么呀? 思来想去,觉得似乎有一些话要说,简为书序"三言"。

一言"通干"这个职业

"通干",全称应是"新闻通讯干事"。社会各个行业几乎都有从事这类事业的人。有专职的,有兼职的,也有业余的,名号也不一样。县一级大多数是专职的,隶属宣传部。

新闻职业是受社会尊重和关注的职业。在县上能谋此事,是很令人羡慕的,也不是随意哪个人就能胜任的。二十世纪八九十年代,交通不便,手笔抄写,跋山涉水,下乡入村,明灯苦心,废寝忘食,诸如此类,权且不说。最大的纠结是新闻稿件的流程。

最为实际的是一个县城又能发生多少在全国、全省有价值的新闻资源呢? 一张报纸,就那么一平米大的地方,上下左右,四面八方的信息都要有选择的传播。

还有，那个时代，交通传送很不方便，一篇新闻稿件写成后，好不容易送到新闻单位，"通干"此时便是盼星望月地等待着"登台""见报"。但稿件常常是生死莫测啊！记得1970年，某县"通干"写了一篇抗旱保秋的稿件送至新闻单位。他当时在乡下公社采访，看到遍地枯萎的庄稼，认为稿件完全有把握可以发出。谁料睡到半夜忽听院子"雨声"，心想这下稿子肯定"泡汤"了。急忙起身去看，方知是有人小便，虚惊一场！

二言《回放》这本书

雷争放从事新闻与写作数十年，手出千余篇，收入这本集子的只有近百篇。集子所选的新闻作品，多以二十世纪八十年代中后期至九十年代初在省、市党报发表的消息、通讯和专稿专版稿件为主，内容上以反映县委、县政府重大工作部署和领导动态、改革发展决策及成果，工农业生产成就，精神文明建设成绩，英雄模范人物和先进工作者典型事迹为主，其中有数篇不乏全景式展示富平县工农业生产全貌和重大事件的力作，也有少量反映当地风土人情、逸闻趣事的社会新闻。通览这本集子所收录的作品，我印象那时候的雷争放，是一位称职的并在全省小有名气的通讯干事。到县人民法院工作后，雷争放长期从事司法行政和审判工作，2013年5月从审判庭庭长退下来后，院党组根据工作需要，安排他任县人民法院新闻信息中心主任，这期间雷争放仍笔耕不辍，撰写了不少反映县人民法院工作成绩、司法为民成果、司法改革动态的文章，以及下乡期间发现挖掘的农村基层干部典型的长篇通讯等，先后在新华网、中国长安网、最高人民法院网、《人民法院报》、《陕西日报》等多方媒体发表。无疑，新闻从业经历为其后来的司法宣传厚积了功底。

有人说，新闻消息是短命的。但将一个时期在省、市报刊集中发表的稿件整理成册，以点成面地反映一个地方近十年间的历史重大事件和改革发展成就，其史料价值还是有的。从这一点来说，雷争放这位以文字记录富平的新闻人所做的此项工作，是难能可贵的，特别是对当地党史、地方志部门的工作，有些作品还是有参考、研究和甄别价值的。

另外，这本集子还有一个值得称道的亮点，就是开卷刘爱民先生所摄的那几幅彩色照片，使人不禁将这一组当今富平新闻图片与争放的新闻旧作联袂回放，图文并茂从头看，富平已改旧时颜！特别是习仲勋老前辈与习近平总书记先后对石川河命运的关注，令人有"上善若水"之亲切。又联想起习老在二十世纪八九十年代提出的新闻"真短快活强"的要求，在雷争放的这本集子里也得到了生动真实的体现。新闻旧作回放，回味悠长！

三言"争放"这个人

关于雷争放这个人，我不会全面评价他，只是从新闻职业角度上持一己之言。

同社会上其他职业阶层一样，新闻从业人员也不会是一模一样的，而是各具个性的。乔冠华曾经是我党早期的新闻工作者，他告诫他的后辈记者学生"不说假话"。但是，现实中有敢说切中要害的真话的记者，有真话、假话都曾说过的记者，也有极少数说假话的记者。

新闻从业者，应该是一个敢于讲真话、善于写真新闻的人。

雷争放在这方面是基本上做到了的。

旧作成新集,既是富平曾经发生过的新闻事实的回放,也是雷争放自己对那个年代命运的回望。

回放,回望。无悔争放!

（序一作者曾任《陕西日报》副总编辑,陕西省新闻出版局副局长,高级记者,省文史馆研究员）

为建设"三个富平"鼓与呼

——雷争放新闻作品选《回放》序二

任润民

因工作原因,我与富平法院新闻信息中心主任雷争放同志于二十世纪八十年代中期相识。那时,我们同在县委机关工作,雷争放任县委通讯干事,经常在省市报纸上看到他写的文章发表。我到外县工作的几年,中断过一段联系。今年年初,我到县人大任职后又因工作原因有过几次接触。现在雷争放将其几十年间在省、市报刊和网络上发表的新闻稿件整理成册,即将印制出版。我向雷争放同志表示祝贺,并对他几十年来守望富平故土,长期热衷于宣传富平的执着,予以点赞!

二十世纪八九十年代,互联网还没有被广泛应用。那个时期的报纸,特别是各级党报成为人们了解掌握一个地方的改革发展动态、工农业生产成就、社会逸闻趣事等新闻事件的主渠道和阵地。那时候,县委宣传部下设一个县委通讯组,主要职责是采写新闻稿件,为上级报刊、电台、电视台投稿;负责接待上级新闻机关下派来县采访的记者,协调当地党委、政府与上级新闻单位的联络、联系,处理和应对相关舆情;负责协调邮政部门与当地党政机关的关系，搞好每年度的党报党刊发行。雷争放在县委任通讯干事期间，先后在中、省、市、县报刊，电台，电视台发表了数以百计的新闻稿件。那时候的富平县，大凡看报纸、听广播、看电视的人，提起雷争放，都知道他是写富平新闻的"新闻人"。听说雷争放是新中国成立后中共富平县委的第5任通讯干事。1994年以后，他调往县人民法院工作。

步入二十一世纪后，随着互联网技术的普及和新媒体技术的兴起与应用，人们了解一个地方事件、新闻的渠道和途径更加广阔与便捷，报纸、杂志、电台等传统主流媒体的传播力有所弱化。但主流纸质媒体的作用和影响力是其他新媒体、自媒体所无法替代的。雷争放同志通过自己几十年的努力与坚守，为热爱富平、宣传富平立了一个标杆。在当今依法治国，建设社会主义法治国家的社会大背景下，强化宣传工作，弘扬主旋律，同唱一台戏，凝神聚力建设美丽家园，是我们富平人共同的希望与梦想，但这一美好愿望的实现，离不开宣传工作的"鼓"与"呼"。希望有志于从事地方新闻工作的同志，能够像雷争放同志那样坚守新闻舆论这块阵地，为宣传富平和建设"富裕富平、文明富平、绿色美丽富平"笔耕不辍，多出精品与佳作！

2016年11月8日

（序二作者现任富平县人大常委会主任）

目 录

一、消息类

二、通讯人物类

三、专稿专版类

消 息 类

尹文杰为人民光荣献身

富平县隆重为英雄庆功

【本报讯】五月十九日上午，富平县委、县政府举行有一千五百多人参加的大会，为在战斗中掩护战友而壮烈牺牲的老山英雄——一等功臣尹文杰烈士庆功。

尹文杰是富平县刘集乡街北村人，一九七八年四月入伍，生前任老山前线某部四连三排排长。尹文杰同志热爱本职工作，处处以身作则，多次受到部队党组织的嘉奖，一九七九年在对越自卫还击作战中荣立三等功。

今年一月三十一日下午，不甘失败的越军疯狂地对我前沿阵地实施猛烈的炮火袭击。这时，在某哨所检查执勤情况的尹文杰，正在和战士一起加修工事。突然，敌人一发炮弹落在他正前方约十米处。尹文杰闻声大喊："防炮!"就在这时，敌人又一发罪恶的炮弹落在了他和战士张言峰跟前。由于炸点太近，就在他打算扑过去掩护战友的一瞬间，他俩同时壮烈牺牲。

会上，介绍了烈士的事迹，宣读了部队党委寄来的立功喜报。县委、县政府做出决定，号召全县人民开展向尹文杰烈士的学习。（杨仲仁　雷争放）

（原载《陕西日报》，1986 年 5 月 20 日第 1 版）

富平县发展传统民间艺术

石雕艺人有精作

【本报讯】富平县在开发大理石自然资源中重视发展传统的民间石雕艺术，一批新老艺人创作复制《双辟邪》《乾隆蹲狮》等石雕精作，受到有关专家的重视。

富平县大理石品种多样，尤以"墨玉石"驰名中外，关中的唐十八陵石雕群、西安碑林、昭陵六骏及陕西境内众多的碑碣、墓志都出自富平石刻之乡。据国家地质部门勘探，这个县大理石蕴藏量达一亿立方米，矿石裸露，易于开采。一九八三年，富平县专门成立了县石刻艺术馆，把全县十名老艺人组织起来，先后制作出大量具有民族特色的石刻工艺品，如墨玉彩雕壁板"唐代仕女图"，因端庄典雅，质感性强，被陕西旅游出版社出版的《古都长安》画册选用，并以英汉两种文字在香港彩印，吸引了中外人士的注目。

在发展传统的民族石雕艺术中，这个县还从长远着想，把培养新人放在首位，举办雕刻艺术知识讲座，聘请省博物馆有关专家辅导，通过专门学习，涌现出了井一漫、王子玉等一批石雕新秀。青年石雕家何印潮复制的秦陵二号铜车马墨玉底座，莹洁如玉，古朴典雅，经国家鉴定后，被列为赠送外宾的贵重礼品。（雷争放　由保民）

（原载《陕西日报》，1986 年 8 月 9 日第 1 版）

实行民主监督　尊重厂长决策权

富平县乳品二厂生产经营更上一层楼

【本报讯】富平县乳品二厂建立各项民主管理制度，发挥职工在生产经营中的智慧。最近，经国家质量检验局验收，该厂生产的"宝塔牌"甜奶粉、淡奶粉均被评为全国特级奶粉。

为了进一步提高经济效益，年初厂党支部和职代会分别深入科室、车间，调查了解，制定出了民主监督管理制度：厂党支部协助厂长每月组织一次科室、车间生产经济分析会，厂长参加，职代会每月收集一次职工对厂里各方面的看法；厂长在对经营技术、基建、财务等重大问题上，做出决策之前，主动到各科室和职工中去倾听意见；在条件不允许，环境特殊的情况下，厂长有权实施各项决策。如去年这个厂的科室领导班子不得力，生产一度出现了混乱，经济效益上不去。厂里决定重新调整，在选拔生产技术科长上，厂长王鑫寿经过考察，认为技术员王改明业务上精，工作上有能力，及时提出让该同志担任科长。王改明担任技术科长后，研制的自动过粉仪代替了人工操作，工效提高了四倍。全厂的生产经营由被动转为主动。今年上半年超额生产奶粉百分之二十五，为国家上缴利税十二点五万元。（由保民　雷争放）

（原载《陕西日报》，1986 年 8 月 28 日第 2 版）

青年农民自办"野火文学社"

【本报讯】富平县王寮乡十二位青年农民，创办"野火文学社"，农忙下田，农闲写作。自一九八四年以来，先后在省内外报刊、电台发表文艺作品四十一件、新闻稿件二百五十多篇。获得省级新闻奖两人次，获地区创作奖四人次，获县级新闻奖和创作奖十二人次。去年九月，该社成雄飞还参加了省文联召开的青年文艺创作座谈会。

"野火文学社"社员年龄最大的二十五岁。他们每月举行两次例会，组织讨论社员作品和构思，按照互通信息，相互批评，磋商技艺的办社宗旨，积极开展活动，在文学创作和新闻采写两条道路上齐头并进。今年三月二十七日，《文学报》在"文学社团"栏内专题报道了这个文学社的活动和创作情况。

这个文学社在创作上的特点，一是形式上通俗化，以故事为主，兼写小说、诗歌和散文。二十五岁的成雄飞，两次高考落榜不灰心，认准脚下自有一条路。几年间，他博览群书，《光棍政委》《护宝传奇》《除霸雪恨》等近十个中、短篇故事相继脱稿，先后在《百花》《群众艺术》等刊物发表，成为我省小有名气的故事作者。二是内容上反映多变的农村生活，与改革时代的生活节奏相合拍。二十二岁的退伍军人成武利，先后在《陕西日报》《陕西农民报》等发表作品十三篇，《杨花柳絮福万家》《小伙变》等小诗，以生活中的几朵小浪花，唱出了普通人的美好心灵；《从顾协杖责送礼者说起》《执法不能搞土规定》《当干部不能"抹稀泥"》等杂谈，以犀利的笔触，为改革擂鼓呐喊，伐恶扬善。（雷争放）

（原载《陕西日报》，1986年9月18日第3版）

富平县 40 万亩良种小麦成了抢手货

【本报讯】富平县夏收还没开镰，省内外来这里定购的小麦良种已近 50 万公斤。

富平是全国商品粮基地县之一。从 1980 年开始，小麦良种每年要向外地供应 50 万公斤，成为闻名省内外的良种市场。

5 月 21 日，记者随来自河南省三门峡市、焦作市以及长安、潼关等县来观摩要种子的人一起来到这个县的张桥、到贤、薛镇和县良种试验示范场，只见那百亩一块，千亩一方的小麦示范田，齐刷刷，密扎扎，像铺了一层毯子；特别是去年新推广的 7852 小麦品种，最高亩产预测可达 450 多公斤，成了抢手货。

据县农牧局同志介绍，从去年秋季到现在，这个县降水量仅 320 毫米，是本世纪以来第二个大旱年。但是，全县 40 多万亩只浇过一到两次水的良种小麦仍可夺得亩产 250 公斤以上的好收成。（郗居正　雷争放）

（原载《陕西日报》，1987 年 5 月 24 日第 1 版）

富平县联办职业中学见成效

【本报讯】富平县在调整中等教育结构中，依据当地经济建设和社会发展对人才的需求，按照适应性、稳定性和可行性

3条原则，联合办职业教育，取得了显著成效。

1982年9月以后，富平县相继把王寮、杜村、薛镇3所普通高中改办成职业中学。经过深入调查和科学论证后，县教育局同县城建局、卫生局、乡镇企业局协作，在这3所职中联合办起了建筑、中医药、建材3个骨干专业，长训班的学制为2至4年，培养目标分别为初、中级建筑技术员，中医士和水泥化验员、工艺员。他们联合的方式是：各业务部门负责提供人才需求预测方面的信息，根据培养目标制定教学大纲和选用教材，调配专业教师，提供部分教学设备、资金及实习实验场地，负责毕业生的技术考核、发证和录用就业；教育部门负责提供校舍、文化课教师及行政管理人员，根据教学大纲制订教学计划，完成招生任务和指导具体教育教学管理工作，保证职教经费的专款专用。各校在专业教师的聘任、调配和进修方面，校长有自主权。

目前，富平县3个骨干专业的在校生已达900多名，大专以上学历的专业课教师有35名，建有实验室（场）12个。3个骨干专业的建成，增强了该县职业教育的辐射力，显示出明显的社会效益。杜村职中中医药专业师生，近年来为群众治病2600多人次，并为当地中药材种植业提供了多种形式的服务。王寮职中去年毕业的101名学生，已全部被国营及乡镇建筑队录用，其中8名学生被省建十一公司录用后，经半年试用全部合格，公司已决定提前定级。薛镇职中的建材专业，已为我省7个地区，24个县（市）的水泥厂培养了260多名工艺员和化验员，有的还担任了化验室主任、厂长等职。（通讯员：雷争放，记者：郁居正）

（原载《陕西日报》，1987年7月19日第3版）

富平县狠抓中学校舍建设
全县十一所初级中学面貌一新

【本报讯】渭南地区乡镇初中规模最大的能容 24 个班级的一幢教学大楼，最近在富平县薛镇初级中学落成。自此，这个有着 3 万多人口的农业乡，结束了长达 15 年之久的初中学生在旧庙宇和各村小学借读的历史。

今年，富平县像薛镇乡这样完成首批初中建校任务的还有杜村镇、庄里乡、老庙乡、雷古坊乡等 9 个乡镇的 10 所中学，建筑总面积达 1.14 万平方米，维修危漏房 6000 平方米，经地、县验收合格。为此，县人民政府于近期向他们颁发了 7.6 万元的建校奖励补助金。

富平县 32 个乡镇现有初中生 3.85 万名，初级中学 54 所，校舍面积 9.7 万平方米，每个学生平均 2.5 平方米，远远低于国家规定的 4.8 平方米的标准，而且 67% 的初中是在旧庙宇和旧高级小学校址上改造的。富平县委、县政府在前 3 年集资 1000 多万元完成小学校舍建设的基础上，于今年年初提出了"艰苦奋斗，多方集资，新建校舍 9.5 万平方米，普及 9 年制义务教育"的 3 年规划。薛镇乡、杜村镇等 10 个乡镇的领导，以"为官一任，富民一方"的高度责任感，率先与县人民政府签订了 1987 年建校目标责任书。他们采取乡镇财政拨款、企业资助、群众统筹等形式，集资 147.7 万元，加快了建校步伐。（雷争放）

（原载《陕西日报》，1987 年 12 月 17 日第 1 版）

外包促内包　内包保外包

富平县乳品一厂人均年创税利逾万元

【本报讯】承包经营给富平县乳品一厂带来活力和高效益。到去年 12 月底，这个厂年内已实现税利 127.67 万元，较上年增长了 4 倍多，相当于年初下达指标的 3.2 倍，年人均创税利逾万元。

在经营管理上，企业对内也是层层实行承包，将奶、电、煤三大耗及其他费用，根据不同季节的生产实际，分月与产量、质量指标一并下达到车间和个人，超定额按 40% 受罚，节约部分按 30% 予以奖励。前 11 个月全厂共节奶 180.34 吨，节电 6.85 万度，节煤 1352 吨，使每吨奶粉成本下降了 176元，可消化鲜奶提价因素的 62.86%；在质量管理上，他们改过去按合格品计算工时的方法为生产每百公斤特级品、一级品、二级品和不合格品，分别按 135%、100%、75% 和 5% 折算工时产量，使产品合格率上升到 99.5% 以上。据统计，前11 个月，这个厂的奶粉产量达到 901.72 吨、销售额 527.13 万元，全员劳动生产率为 3.06 万元，分别较上年同期增长35%、49% 和 29%。（雷争放）

（原载《陕西日报》，1988 年 1 月 7 日第 1 版）

富平县重奖优秀女企业家张俊霞

【本报讯】女助理工程师张俊霞出任富平县乳品一厂厂长3年，企业经济效益连年翻番，该厂生产的"宝塔牌"全脂羊奶粉畅销全国20多个省市并出口罗马尼亚，去年又喜获国家优质产品银质奖。2月5日，富平县人民政府召开庆功会，授予张俊霞优秀企业家称号。张俊霞披红戴花，上台领取国优产品奖2万元、企业经济效益奖2万元、个人承包兑现奖500元，并给她上浮一级工资。

张俊霞今年45岁，1966年到富平县乳品厂工作，曾先后担任过化验员、化验室主任等职。在此期间，她经常向国内有名气的乳品专家求教，刻苦钻研《乳与乳制品分析》《乳与乳制品检验》和《乳品工艺学》等专业书籍，为国内6个省的羊乳品企业培训化验员96名，试验成功了"羊乳快速检验法"，即60°中性酒精检验羊奶新鲜度方法，解决了全国羊乳品企业的一大难题；1981年3月，她受商业部委托，进京主持起草了《羊奶粉标准及检验方法（草案）》，由商业部发至全国各商办乳品厂家遵照执行；1985年又试制成功"羊乳酸菌素"，填补了我国用羊乳生产药用原料"乳酸菌素"的空白。在乳品加工技术方面的钻研，使她成为乳品企业的行家，先后担任省标准技术委员会和奶粉分会副主任委员、商业部羊奶粉优质产品奖评委等职。（雷争放）

（原载《陕西日报》，1988年3月3日第1版）

供销、粮食部门为农民着想

富平县十三万户农民领到了挂钩化肥

【本报讯】仲春三月，连降喜雨，富平县 13.1 万个农户，雨前相继领到了今年夏粮合同定购任务的 50％ 的预付挂钩化肥，供销部门月内共销售优质平价尿素 2042 吨，使全县近 40 万亩旱地小麦雨前施了返青肥，群众对富平县粮食挂钩化肥预付兑现情况感到满意。

富平县生产资料公司在春节前就派出采购人员去省内外组织货源，并及时调配到各基层供销社，保证了预付兑现有充足的货源。粮食部门按照农户的合同任务数，以每 50 公斤粮食兑付 1.5 公斤尿素为折算标准，分户签写成化肥供应二联单，直接分发到户。农户持二联单去定点供销社购买化肥，预付结束后，供销社持二联单同粮站核对结算。减少了中转环节，避免了层层截留。3 月 4 日全县预付兑现开始后，各基层供销社拆整卖零，全天营业，群众随到随买，县粮食局和各乡镇政府共抽调干部职工 650 余名，日夜突击，加班加点填写分发二联单，到 3 月 20 日，全县 31 个有粮食定购任务的乡镇，预付挂钩化肥供应二联单全部发放完毕。（通讯员　雷争放）

（原载《陕西日报》，1988 年 4 月 3 日第 2 版）

庄里镇集资安装程控自动电话

【本报讯】一个装机容量为 300 门的乡镇级程控自动电话网的改制工作，将于近期在富平县庄里镇动工，长期以来给当地社会经济发展带来很大困扰的打电话难可望于今年国庆节前解除。

庄里镇是我省大中型工矿企业比较集中，乡镇、个体工商业发展较快的新兴工业重镇。但是当地与外商、外地的一些经济技术协作项目却因没有自动电话而搁浅。改变通信设备落后状况，缓解群众打电话难已成为当地各界人士的一致呼声。

这次庄里地区的通信设备改制将采取国家、地方政府、集体、个体一齐上的原则，其中镇内的线路、设备改制所需的 35 万元采取向用户集资的办法解决，按各用户的电话交换量的电话机部数分级分等收取改制费。邮电部门还规定，在这次改制中凡一次安装 20 部以上和 10～19 部电话的单位，除改制费按标准的 70% 和 80% 收取外，并从新设备开通之月起，一年内的电话月租费分别减免 40% 和 20%。（雷争放）

（原载《陕西日报》，1988 年 8 月 18 日第 2 版）

攀高亲　联大户

长富电子器件厂插翅腾飞

【本报讯】富平无线电厂与国营长岭机器厂组成紧密型联

— 13 —

合体——国营长富电子器件联合制造厂，走出了一条增强企业活力和发展后劲的路子。他们生产的 40 多种彩电变压器行销全国 12 个省市的电视机厂家。到今年 7 月底，已完成全年 350 万元的产值计划，订货额达 600 万元，预计年内至少可拿回利润 90 万元。

富平无线电厂原先主要生产开关稳压电源、收音机、电热毯等低档产品，因质量差、批量小、产品不定型而难以维系，形势逼迫厂领导不得不另找出路。经过市场调查，决定上彩电开关电源变压器生产线。但是，这对一个固定资产仅 20 多万元的小厂来说，要投资 300 多万元，从国外引进技术设备，生产高技术产品，谈何容易？厂领导跑断腿、磨破嘴，总算通过银行贷款、财政借款和以资带劳等形式，筹齐资金，通过了立项，全套设备和技术从日本东明株式会社引进。到 1986 年上半年，一条年产 90 万只彩电开关电源变压器生产线的机械设备纷纷到货。面对这些玩意，厂领导又犯愁了。当时，高电子技术在富平尚属空白，没有专业技术人员，设备如何安装？怎样试车？生产技术工人的培训、产品的开发与质量管理等都成了难解的谜。县委、县政府向有关方面提出联营意向，这年 6 月底便与长岭机器厂达成联营协议，厂名定为"国营长富电子器件联合制造厂"。

长岭机器厂技术力量雄厚，设备测试手段先进。联营后，长岭厂派出了一个由高级工程师和设计、工艺工程师等组成的 13 人的工作班子进厂，立即组建了计划生产、供销、财务、技术、质检、厂办等科室，建立健全了 22 项规章制度，对上岗工人进行严格系统的技术培训和全面质量管理教育。1986 年 10 月试车试产，一次获得成功，得到了日方人员的好评。12 月 5 日经省经委、省电子厅验收合格，正式投入生产。他们改建成 5 条生产线，先后开发出 13 个系列、43 个品种的变压器产品，所有日本和国产电视机所需的各种型号的变压器均能生产。其中主导产品彩电开关电源变压器去年还获得了省经委颁发的优秀新产品奖。到 1987 年底，订货额已达 276 万元，销售完成 189 万元，盈利 23 万元，实现了当年投产当年盈利。为了占领深圳和香港市场，该厂已在深圳联建了一个电子分厂。今年 10 月 1 日后即可投产。（雷争放）

（原载《陕西日报》，1988 年 9 月 9 日第 1 版，

该文于 1989 年 2 月 25 日获《陕西日报》

"科技兴陕杯"科技新闻三等奖）

凭信息　凭人才　凭胆略

富平县晶体元件厂新产品谐振器填补国家空白畅销国内市场

【本报讯】富平县晶体元件厂在省内科研单位的军工企业聘请工程师，为本厂开发出国内需求量大的空白新产品——石英谐振器座壳，被评为渭南地区科研成果三等奖，新产品远销到京、津、沪等全国 40 多个晶体厂家。

1985 年，这个厂的副厂长杜俊生得到一个信息，广泛应用于军队雷达、报话机、对讲机和民用彩电、自动电话、石英钟、电子琴、电子表、计算机等方面的石英谐振器座壳，国内尚不能生产，而总需求量达 1 亿万套。于是，这个厂在延光厂等 4 个军工厂和西安电炉研究所聘请 5 名兼职工程师，联合攻关，到第 2 年 11 月，试制成功。

1987 年 7 月，杜俊生出任厂长，在短时间内完成了设备

— 15 —

安装和试车、试产工作，形成了年产 250 万套的生产能力。与此同时，他们还先后派出 40 多人去西安、铜川、陕南等地的协作单位学习烧结、冲压、模具制造和电镀等技术。在生产中严格工艺流程管理，设立了半成品、成品和包装三道检验工序，使产品透气率降低到 2% 以下，达到了日本同项新产品质量水平，获得了用户的信赖，许多大型国营电子企业也纷纷放弃了此种元件的进口意向，用上了他们的产品。今年 5 月，该厂已达到了年产 500 万套的生产能力。现正在筹集资金，增加设备，赶年底实现年产 1000 万套的生产能力后，每年可为国家节省外汇 80 多万美元。（雷争放）

（原载《陕西日报》，1988 年 10 月 4 日第 2 版）

乡村夜明珠

【本报讯】春节前夕，富平县觅子乡的秦合及曹村乡的土坡等 10 个村庄的 2538 户农民结束了昔日的煤油灯，看到了明亮亮的灯光，人们都高兴地说："……今年过节，咱不再摸黑了，这还得感谢县电力局的同志，是他们冒着严寒，架设电线，才使咱有了光明。"

秦合、土坡等 10 个村，在该县属偏远乡村。长期以来，这些地区交通不便，资金短缺，群众的生活用电一直没有得到解决。元月初，富平县电力局局长任旺登、副局长石国庆分别带领工程技术人员深入到这些地区，走访农户，测设线路。在施工中，300 多名职工顶着严寒，加班加点，架设线路 20 多公里，新架 50 千伏安变压器 3 台，维修 50 千伏安变压器 4

台，从而解决了群众的生活用电问题。

与此同时，这个县的电力局还组织力量，对全县的主要用电区进行了全面普查，对一些偷盗电的单位和个人进行了处罚。雷古坊西盘村、峪岭乡漫町村用电管理混乱，个别干部和企业偷电十分严重，50 多个电炉子每月耗电 1 万多度，县电力局在处罚的基础上，对这两个村的用电实行了统管。（由保民　雷争放　井来成）

（原载《陕西日报》，1990 年 1 月 26 日第 2 版）

雷锋式的好战士

孙建民舍己救人壮烈牺牲
富平县举行大会为烈士隆重庆功

【本报讯】4 月 3 日，富平县委、县政府在流曲镇召开三千人大会，为一等功臣孙建民烈士隆重庆功。

孙建民，1967 年 10 月生于富平县流曲镇流曲村第三合作社，1985 年 10 月入伍，1989 年 4 月入党，生前是解放军某部道路桥梁营二连班长。1986 年 11 月，当孙建民为保卫祖国在老山前线浴血奋战时，父亲因车祸肇事不幸去世，家里来信让他请假回家处理后事。当时战斗任务很紧，他想国事重于家事，作为军人，理应先国而后家。于是他强忍着失去父亲的痛苦，把信往口袋里一装，没向任何人透露就投入到修筑战备火炮工事的战斗中去，每次都圆满地完成了任务，被集团军评为"阵地建设先进个人"。孙建民入伍 4 年多，从战士、副班长到班长，从凿岩机手、喷浆手到装岩机手，干一行、爱一行、

专一行，曾两次荣立三等功，多次受嘉奖。在支援国家重点工程——金川公司二期工程建设中，他带领全班创造了单机装岩60斗的最高纪录，被团里评为"技术能手"。施工中他手脚先后3次负伤，不但未休一个班，还多加了46个班。今年老兵退伍，连队考虑到他家的困难，准备让他退伍，回家好照顾年迈的母亲，但他向党支部表示："不把支援国家重点工程搞完，决不退伍。"今年3月10日凌晨1时许，道路二连在镍都金昌600米深井下作业面实施爆破，硝烟排完后，排长樊新生带领孙建民、张志峰、曾骏3人前往掌子面排险撬浮石。樊新生、张志峰2人担任观察员，孙建民看到新战士曾骏经验不足，操作不得法，便上前接替小曾作业。就在右侧顶部发生冒顶的一刹那，孙建民一把将小曾推向前方，自己却被巨石碰成重伤，经医院多方抢救无效，于当日20时20分光荣牺牲。

为了弘扬孙建民无私奉献、舍己救人的共产主义精神，集团军党委追认他为革命烈士并追记一等功。富平县委、县政府做出决定，号召全县人民向孙建民学习，把正在开展的学雷锋，学李润虎活动引向深入（雷争放）

（原载《陕西日报》，1990年4月26日第1版）

富平县农机企业为农服务不转向

【本报讯】富平是我省农机科研、生产、推广、管理先进县，享有"陕西农机城"之美誉。今年麦收前后，县农机一厂生产的80台"秦丰牌"小型联合收割机，1200台小麦割晒机，农机二厂生产的805台脱粒机和1800张机引犁，全部销售一空。

富平的农机产品何以热销？主要原因是他们瞅准了农村的大市场，坚持为农服务不转向。农村实行生产责任制后，农民多在农闲从事第二和第三产业及其他工副业劳动。他们迫切需要那些减轻劳动强度、加快收种进度的农机具。富平农机企业瞄准这一广阔的买方市场，坚持为农业生产服务不转向，大量生产为中小型拖拉机配套的农机新产品，适合责任制后家庭小田块作业，众多的农户买得起用得上。如1架小麦割晒机售价1000多元，按现行亩收价3至4元计算，割300至400亩麦子就可收回投资。买1架四轮翻转犁需花350元，犁上四五十亩地就可赚回本钱，可谓当年投入，当年收益。因而受到广大农民家庭的欢迎。

近年来，他们共研制生产适合中小型拖拉机配套的农机具10多件30多个型号。其中两项填补国内空白，4项获省优，已畅销西北五省和晋豫市场。（雷争放）

（原载《陕西日报》，1990年7月18日第2版，该文于1991年2月获渭南地委宣传部1990年度"两优一先"新闻竞赛三等奖）

制定优惠政策　提高经济效益

富平县鼓励开发新产品

【本报讯】富平县从今年起制定优惠政策，鼓励全县工业企业开发新产品，提高经济效益。为了切实搞好"质量、品种、效益年"活动，富平县委、县政府决定今年在全县工业

企业中开展创建科技型企业，促进企业技术进步活动。科技型企业的验收考核指标包括科技开发能力、科技进步作用、经济效益、智力开发及职工素质、科学管理六部分。其中要求科技型企业在新增产值中的贡献份额应大于30%，或新产品创造的产值占当年新增产值的35%以上（新产品自投产之日起计算2年）；必须有地区以上优质产品，优质产品产值率年递增2%。经济效益方面要求在资金产值率、利税率、年度值增长速度、能耗、物耗系数等方面居同地区同行业领先地位。

科技型企业每年评选一次，中选企业由县政府授予标志牌、颁发证书，并享受优惠政策。一是对企业一次性奖励5000元。二是连续2年被评为科技型企业的厂级干部（含三师）的40%、职工总数的5%上浮一级工资；连续3年被评为科技型企业的上述人员浮动工资改为晋升一级工资。三是优先安排企业的科技开发、新产品试制、新技术应用及技术引进消化吸收项目，银行、物资部门优先安排项目贷款和计划内物资。四是开发的省级新产品，可从产品鉴定投产第1年所得利润中提取5%作为奖金奖励有功人员；企业销售收入中可提取5‰的资金作为企业科技开发基金，用于新产品的试制、新技术应用和技术攻关等费用。五是对创建活动中有重大贡献的人员授予"创建科技型企业先进工作者"荣誉称号。（雷争放 郭建军）

（原载《陕西日报》，1991年2月24日第1版）

分灶吃饭　核定收支　增收分成

富平县改革乡镇财政管理体制

【本报讯】如今富平县乡镇长们肩上的担子比以前更重

了，这是因为从 1991 年起实行新的财政管理体制，要求他们既是能当家的行政领导，又要有理财聚财的经济头脑。

今年，富平县委、县政府下决心改变乡镇财政管理体制，对 5 个镇 9 个乡按照"划分税种、核定收支、分级包干、增收分成"的形式，实行放权包干型预算管理体制，一定 3 年不变。其具体内容是，将乡镇范围内的国家财政收入项目中的 15 种税收收入，划归乡镇（县属及驻地中央、省、地属企业除外）；乡镇范围内的农林水、文教卫生及其他各项事业费和行政管理费等由乡镇财政支出；1991 年各乡镇的收支基数，按前两年决算的平均数核定，其增收部分，再根据不同经济基础，确定出县、乡（镇）分成比例，对经济条件好的按对半分成；对税源基本稳定、有增收潜力的按 4:6 分成；对经济条件一般，经过努力可以增收的按 3:7 分成，对那些经济条件差的乡，增收部分全部留在乡上，以鼓励其尽快扭转补贴面貌，增强自给能力。（雷争放）

（原载《陕西日报》，1991 年 4 月 19 日第 1 版）

锣锣鼓鼓一齐敲　同唱经济一台戏

富平县委牢固树立以经济建设
为中心指导思想

【本报讯】富平县委一班人深刻领会江泽民同志"七一"讲话精神，切实改变以往经济工作中"党委点戏，政府唱戏"的两张皮现象，形成了县委总揽经济工作全局，全县上上下下合力抓经济的崭新局面。

面对今年严峻的经济形势，富平县委认真分析本县经济工作状况，深切地认识到，企业效能下滑，财政欠收，固然有客观因素的影响，但一些干部思想不够解放，观念陈旧，以经济建设为中心的思想树得不牢，开放搞活措施不力，是全县经济发展的主要障碍。在学习《讲话》基础上，通过深入调查，县委于8月下旬召开常委会，重点讨论并确立了县委进一步坚持"以经济建设为中心"，总揽经济工作全局的指导思想。接着，县委又分别召开了县级6套班子领导会和县委经济工作会，统一全县各级干部的思想，相继制订出进一步开放搞活经济的具体措施和意见。

为了把广大干部群众的思想真正集中到经济建设上来，形成全县上下同心，左右协力，各方鼓劲的经济工作新格局，县委决定从9月份起，利用4个月时间，在全县广泛深入地开展"以经济建设为中心"的大讨论，解放思想，更新观念，联系实际，在"放"字上下功夫，在"活"字上做文章，真正实现思想转变和工作转变。（刘耕　李永强　雷争放　任玉合）

（原载《渭南报》，1991年9月14日第1版）

不满足产粮产棉　还要地长金生钱

富平县农田基建着眼于营造小康田

【本报讯】富平县今年秋冬的农田基建，围绕土地多产出，发展立体农业，提高综合效益做文章，极大地调动了农民群众的积极性，在全县灌区、旱原、坡岭3个不同地域，出现了数十万人大会战的热潮。

今年下半年，富平县委、县政府在开展的"以经济建设为中心"的大讨论中，根据县情，科学决策，决定从今年起，用3年多的时间，在全县灌区乡镇建设20万亩高产粮田和10万亩大棚棉瓜、棉菜间套立体农田；在旱原乡镇建成4万亩烤烟基地，发展5万亩露地棉；在北部沿山区营造10万亩优质苹果基地。到1993年末，实现产粮26万吨，多种经济作物总收入2.1亿元，以加快全县农民生活由温饱型向小康型过渡的步伐。为此，他们从基础工程农田基建抓起。三秋过后，在县委、县政府的组织动员下，多数乡镇开始大搞农田基建。到10月底，全县已开工各类工程1888处，平均日上劳10.5万人，已有788处工程竣工，完成劳动积累工183.7万个。灌区乡镇新打配套机井35眼，新增有效灌溉面积5000余亩。建成渠、路、林、井、农机、农技综合配套万亩高产粮田4处。旱原乡镇连片平整百亩以上田块有20多处，总面积达5000余亩。千亩优质苹果示范园的薛镇乡，日上劳3000余人，架子车200余辆，推土机2台，深挖果树沟槽。赵老峪、雷古坊、宫里、小惠等乡镇，也相继开始了千亩以上苹果、花椒、五倍子经济林的开沟改田工程会战。（雷争放　惠志贤）

（原载《渭南报》，1991年11月19日第2版）

造血强壮自己　输血为了群众

老庙文化站走出发展新路

【本报讯】富平县老庙乡文化站摸索出"围绕经济，开展服务"的发展路子，既壮大了自己，也促进了老庙乡的经济发展。

建站初期，这个站因经费紧张而步履维艰。几经周折，他们开拓出打字服务、缝纫裁剪、家电维修、木材寄放交易等副业，不仅经费自足，还给文化站添置了5间活动室、桌椅及彩色电视机、收录机、放像机、电影机等设备。

有了设备和场所，这个站在活跃群众业余文化生活、组织举办大型文艺活动的同时，还抽出大量人力、财力，积极为老庙乡的经济发展服务。为给群众提供致富门路，解决生产中的问题，他们编印《农家信息》科技小报，免费发给群众。遇会逢集，站办农技咨询部向群众提供咨询和讲座，向群众放映科教影片。文化站还组织科技"大篷车"下乡，向群众宣传良种、农药、整地、施肥等科技知识，宣传《土地法》《经济合同法》《计划生育条例》。文化站举办各类专业技术培训，培养各类人才达1500余名，仅大葱专业户已达百户。同时，为扭转群众"要叫麦高产，就种丰产三"的思想，他们先后引进"7852""7510"小麦良种3万多斤，使老庙的粮食产量翻了一番。乡上和群众均赞扬他们为农业发展立了大功。（齐宇强　雷争放　孟军政）

（原载《渭南报》，1991年12月5日第3版）

科技使富平县乔山琉璃厂如虎添翼

今年产品创汇达二十万元人民币

【本报讯】富平县乔山琉璃工艺厂今年通过技术改造后，产品质量和产量均大幅度提高。到年底，这个厂实现产值90多万元，利税16万无，商品出口达20多万元人民币，大幅度超额完成全年任务，琉璃产品今年9月获得全国星火计划金奖。厂长徐都峰，也被国家科委评为全国优秀星火企业家。

年初，为了抓质量，上效益，他们投资30多万元，将传统的窑炉改造为电炉，不仅使产品更加光洁，釉色更加均匀明亮，也将产品的单件成品率由85%提高到95%，烧窑周期由过去的60小时降低到15小时。11月，他们将微机用于烧窑控制，使升温、保温、降温和烧成时间由过去的凭经验改为系列化、规范化。为了确保产品质量，他们不断摸索改进配方，使用料更加科学合理。与此同时，还根据每道工序的特点，对产品质量实行层层把关责任制。由于采取了上述措施，产品已达到国际标准。这个厂不满足已有产品，今年又推出仕女挂画、大犀牛、大花瓶、高1.74米的特大三彩马及建筑材料筒脊、三星脊兽等多个新产品，满足了国际、国内市场需求，产品已销到西北五省以及京、津、沪、杭等地，并出口马来西亚、加拿大、日本、新加坡、韩国等地。（齐宇强　雷争放　刘世忠）

（原载《渭南报》，1991年12月7日第2版）

富平县雷村乡石刻工艺社形成石刻商品托拉斯雏形

一杆旗下聚集六百名石匠
万千商品销售到四面八方

【本报讯】富平县雷村乡石刻工艺社以为广大石匠服务为宗旨。今年，共给石匠提供石料商品需求信息上百条，推销石刻粗产品和精细工艺品2万多件，不仅给我省一些旅游点和大

宾馆锦上添了"古"花，也使 600 多名从事石刻工艺的石匠每人年获利达 2000 余元。

雷村乡位于凤凰山下，有取之不尽的大理石墨玉资源，当地许多农民以加工各种石料商品为生。针对单家独户信息不通、销路不畅、运输不便的实际，乡党委和政府于 1987 年成立了石刻工艺社，将本乡和长春乡、宫里乡长期单个经营的 600 多名石匠组织起来，给他们承揽活路，销售产品。同时，工艺社还将 10 多名年长的能工巧匠组织起来，和培养的 5 名新秀一起搞雕花、刻字等精深工艺加工。这里由于石质好，加之石刻大型产品，诸如石狮、碑楼、石碑等古朴雄浑，气势宏伟；小型的如石灯、圆桌、砚台等花色秀美，图案别致。一些年轻人经工艺社牵线搭桥，产品已销到甘肃、宁夏和本省的法门寺、乾陵、楼观台、黄陵、水陆庵和西安的许多公园、宾馆。各种产品，尤其是大型石狮供不应求。（齐宇强　雷争放　袁润民）

（原载《渭南报》，1991 年 12 月 26 日第 1 版）

大讨论更新观念　调结构直奔小康

富平县实施农业翻身工程

【本报讯】经过 4 个月的经济大讨论，富平县制订出加快农业发展，实现富县富民小康目标的翻身工程。日前，该工程已全面开始实施。

县委、县政府汇集大讨论中干部群众的建议，确定了用 3～5 年在北部沿山 13 个乡建成 10 万亩优质苹果基地，在中部旱原 14 个乡种植烤烟 4 万亩，在南部灌区建成 10 万亩大棚棉瓜、棉菜间套立体农田和 20 万亩高稳产粮田的翻身工程。到 1993 年末，使经济林和经济作物发展到 40 万亩，粮经比达到 6：4，产粮达 26 万吨，棉、烟收购分别达到 10 万担和 12 万担，多种经营总收入达 2.1 亿多元。

最近，这个县已分别落实棉花、烤烟面积 10 万亩和 4 万亩，10 万亩"大棚工程"所需的物资和资金已全部到位；在沿山区坡岭地带，挖掘苹果营养带 2 万多亩，200 万株优质苹果苗如数运回。北部山区到石川河岸的大规模农田基建，已平整土地 5000 多亩，建设水利工程 1888 处，修复旧机井 467 眼，新打机井 235 眼，新增有效灌溉面积 10 万亩。与此同时，全县 32 个乡镇成立了农技服务站，发展科技示范户 8300 户。县级科技和农技人员签订粮、棉、菜、果承包项目 39 项。县、乡、村三级还建立科技服务专业协会 43 个，会员达 1160 人。薛镇、洪水职业中学和各乡农民技校还开展棉、烟、菜、果技术培训 41 期，被培训者达 2000 多人次。（张金枢　雷争放　齐宇强）

（原载《渭南报》，1992 年 1 月 7 日第 1 版，该文获渭南地委宣传部 1992 年度"两优一先"新闻竞赛奖，《渭南报》"土地杯"头条新闻大赛三等奖）

富平县印刷厂深化分配改革

【本报讯】富平县印刷厂在深化改革中，分配明显向一线工人倾斜，企业效益呈高速上升。3 月份，全厂完成销售收入

和实现利税分别较上年同期增长 50.28% 和 43.48%。

以 4 月份为例，该厂 4 名厂级领导的当月收入均不足 250 元，较改革前平均下浮了约 20 元；一线职工当月收入在 250 元以上的 27 人，200 至 250 元之间的 36 人，最高的达到 420 多元。厂长李全民说："在分配上，厂领导不能与工人攀高低。"所以他们在制订内部分配改革方案时，主动将厂长、副厂长的工资较前下浮了 2 到 3 级。

分配向一线职工和销售人员倾斜的改革方案一出台，不仅得到了这个厂职工们的普遍拥护，而且保证了改革的顺利进行。厂部机关科室实行定编定员后，管理人员由 33 人减少到 18 人，裁减下来的人员愉快地返回了生产第一线。对销售揽活人员，他们实行按利润的 3% ~ 5% 提取工资和包干费用，7 名专业销售人员一季度共揽回印刷业务 100 多万元。对一线职工实行全员超定额计时计件工资制后，胶印、机印、装订、排版等几个主要生产车间的生产任务均超定额。（雷争放　任玉合　孙军胜）

（原载《陕西日报》，1992 年 6 月 3 日第 2 版）

富平县对外开放势头好

【本报讯】乘着邓小平南行谈话的东风，富平县今年上半年对外开放活动呈现出县、乡、村、企业、个人一齐上的良好势头。

邓小平南行谈话之后，富平县委和县政府领导成员进一步解放思想，提出了加快改革、扩大开放的意见和措施，决定在县城开辟 1 平方公里土地，建设富平县"万家灯火开发区"，面向国内外、海内外招商办厂。县外经委增加编制和人员后，积极开展对外经贸洽谈，继 6 月份诞生首家中外合资企业——富港电子元件有限公司之后，正在与外商洽谈合资经营和产品出口意向的国营、集体、乡镇企业有 10 多家，其中 3 家已签订了合资意向书。有的企业还在边境城市、口岸设立了对外贸易窗口。上半年出口交货值 1000 多万元人民币，较上年同期增长近 1 倍。这个县还向俄罗斯、日本及南美国家输出劳工 20 多名，并积极与国内开放发达地区开展大跨度、远距离、全方位的经济技术交流，新投资的国内合作项目达 30 项，协作引进资金 236 万元，物资协作总额 547 万元，引进专业技术人才 25 名。（雷争放）

（原载《陕西日报》，1992 年 7 月 12 日第 1 版）

松绑放权　蓄水养鱼

富平县将"七站八所"划归乡镇管理

【本报讯】富平县陆续将乡镇财政所等 13 个县级机关派驻乡镇的行政机构划归乡镇管理，全县 32 个乡镇政府出现了千帆竞发，奋发抓经济的新气象。

以往，富平县设在乡镇的"七站八所"实行的是"条条发工资，块块来使用"的管理体制。由于条块分割，乡镇政府对这些基层站、所协调不动，指挥不灵，存在着管人与管事相互脱节的诸多弊端。今年 4 月，县委县政府按照"小政府，大服务"的改革方向，首先将乡镇财政所划归乡镇，实行

"划分税种，核定收支，增收分成，一定三年"的"分灶"预算体制。此后又将土地、农技、畜牧、经管、林业、水保、文化、广播电视、计生、卫生、城建、农机12个方面的机构和人、财、物划归乡镇，实现管人与管事相统一。县级业务部门负责业务指导，县委组织部和编委、劳人局对下放的机构履行宏观管理职责。

人、财、事"三权"下放后，各乡镇实行预算包干型"分灶"吃争饭，财政杠杆极大地调动了乡镇政府生财、聚财、理财的积极性。各乡镇争办经济实体，大办乡镇企业，壮大乡级财源。到今年6月底，各乡镇农机、畜牧、种子、果林、水电等行政机构已相继与乡财政脱钩或半脱钩，过渡为服务性经济实体。全县新建乡镇集体企业38户，一批高技术含量、高利税企业应运而生。上半年全县财政收入累计入库1346.6万元，较上年同期增长57.46%，其中工商税、农牧税和乡企税收分别较上年同期增长31.56%、288.84%和8.9%。（雷争放　王中兴）

（原载《陕西日报》，1992年8月28日第2版）

富平氮肥厂产品成为农民抢手货

【本报讯】昔日名不见经传的富平氮肥厂，如今靠"硬"产品叩开市场大门。

去年以来，农资市场化肥出现滞销趋势，富平氮肥厂把提高产品质量作为占领市场的重要手段。他们通过建立厂质检小组、质检科、化验室、销售科和用户5级质量把关责任制，层层压实担子，形成上道工序对下道工序负责，下道工序监督上道工序的质量互检运行机制。水分含量是影响产品质量的"牛鼻子"，他们宁肯每年多付 10 多万元的费用，也要多开一台离心机；在产品包装方面，全部采用圆筒机生产的优质彩条编织袋；化肥重量严格按 50.5 公斤装袋，否则视为计量不合格。今年以来，省技术监督局先后两次对该厂产品进行不打招呼式质量抽检，一级品率均为 100%，超出部颁标准 4 个百分点。到 8 月底，这个厂已生产合成氨 3562 吨，碳铵 1.5 万吨，实现产值 431.6 万元，经济效益扭转了一季度因停电、检修设备而造成的欠产和亏损局面，在国家补贴之外，提前 4 个月实现年底扭亏为盈目标。（雷争放）

（原载《陕西日报》，1992 年 10 月 9 日第 3 版）

硅酸盐学会科技下乡
为乡镇水泥厂排忧解难

【本报讯】5 月中旬，省科协、省硅酸盐学会及渭南地区化工学会的数十位专家送科技下乡，为富平县的乡镇水泥厂解决了许多技术和管理问题。

富平县北部沿山一带石灰石储量达 1303 亿立方米，均为一级品位。目前，这个县乡办、个体联办水泥厂已发展到 84 个，居全省的首位。但长期以来，一些小水泥厂技术设备落后，生产管理跟不上，经济效益差。

5 月 14 日，省硅酸盐学会秘书长高乃卿等专家一行，头顶骄阳，风尘仆仆来到富平县，他们从各水泥厂的化验室到生

产车间，从料场到成品库，逐一查看，对其中的原料配方和不合格的炉窑提出了改进措施，并根据各厂的实际条件提出了易于改进的可行性意见。这些乡镇水泥厂的负责人激动地说："与他们仅几小时的接触，等于我们好几年的摸索，我们可算攀上'高亲'找到了'靠山'。"

富平县的 20 多家乡镇水泥厂，纷纷提出要同硅酸盐学会建立技术协作关系。其中 6 个厂家还提交了委托聘请工程师的协议书。省硅酸盐学会已同富平县乡镇企业局建立了长期顾问关系，将帮助该县成立硅酸盐学会，培训科技人员，协助他们搞好水泥工业发展的科学论证。（雷争放）

（原载《陕西科技报》，1986 年 6 月 22 日第 1 版）

信息站为贫困户架"金桥"

【本报讯】金秋 9 月，富平县齐村乡安乐村 15 个贫困户农民种植的 25 亩"大黄冠"无架瓜蒌缀满金果。当地群众说："从部队复员回来的李江这娃有心计，是他为这些贫困户架起了致富金桥。"

1986 年冬，安乐村技术推广站站长、青年农民李江从北京引进"大黄冠"无架瓜蒌种根 30 公斤，在 2 亩田里试种。到去年秋季，收获干果 1000 公斤，收入 8000 余元。为了使众多的贫困户乡亲走上富裕路，今年春季，李江以赊销种根和无偿技术服务等方式，扶持当地 15 户致富无技术、无资金的农民家庭种植"大黄冠"瓜蒌 25 亩。为了解除这些药材种植户的后顾之忧，李江还与他们签订了产销合同，秋后收获的干果和种根由他负责收购向外推销。在他的精心指导下，目前这25亩瓜蒌长势喜人，预计每亩产鲜果在2500公斤以上。（雷争放　李中堂）

（原载《陕西科技报》，1988年10月16日第1版）

富平县控制会议有新办法

会议不再把身缠　精力充沛抓工作

【本报讯】今年7月以来富平县委县政府采取措施控制县、局、乡镇会议后，各级领导有更多的时间和充沛的精力抓中心工作，他们每人每月平均下基层达13天。

以前，这个县的各级领导也曾陷入形形色色的各种会议中，乡镇领导穷于应付，县领导叫苦不迭。从今年7月开始，县委、县政府痛下决心，采取了有效的缩减会议措施。他们的具体做法：一是县委政府率先做出表率，将县委常委会定在每月26日召开，县长办公会定在每月的2日和16日召开。政务会议每一季度一次，不得突破会议次数或随意延长日期。会前要将研究的议题打印成册，一个部门发言不得超过30分钟；二是合并会议，力争一个会议包纳几个内容；三是把上级会议精神先传达给县级6套领导班子，并在现场及时解决相关问题；四是全县召开各种类会议均实行申报审批制度，对违反者，按违章乱纪处理，财政部门不予报销会议开支；五是按领导分工出席会议，任何单位不得讲排场乱请县级领导。（齐宇强　雷争放）

（原载《陕西工人报》，1990年11月8日第1版）

一家管理　多家经营

富平县建起新汽车站

【本报讯】五月二十四日下午，富平县大街上鞭炮齐放，十多辆大轿子车开出新成立的公路客运服务站。

这个客运站，自己没买一辆车，设施向全社会开放，不管是哪里的车，也不管是国营的，还是集体的、私人的，只要参加联营，车站就提供有偿服务。服务内容有统筹安排外县、区及本县营运客车线路、班次，为他们组织客源、售票、调度发车、结算转账、维护秩序等。车站和所有参营车的关系是合同责任制。客运站逐步完善配套服务设施，参营车正常开班，正点发车，定点停靠，依线运行。

富平原来有个汽车站，可是它归渭南地运司管，只允许本公司的车辆出入。这样，别家的客车只能乱设站点，争抢线路。有的车经常甩班掉线，丢旅客，误时间。有时还造成多车夹运，堵塞交通的事，给群众乘车造成很多困难。这一次，县政府和交通管理部门根据群众的要求和县人大代表建议，办了这件"一家管理，多家经营"的事，真是个新创造。（雷争放）

（原载《陕西农民报》，1986 年 6 月 5 日第 1 版）

富平县生产资料公司供化肥

物价计量信得过　不卖大户不坑农

【本报讯】人们都知道今年化肥缺，富平县生产资料公司经手的化肥，却从不乱涨价。

秋播前，富平缺化肥1.8万吨。县生产资料公司一边派出90多人次千方百计在外地寻化肥，一边从制度上堵塞假劣化肥入境。在公司《辞退违纪职工细则》中明确规定，采购人员以收取优惠费、好处费、贿赂款的手段而采购质量次的冒牌化肥者，给予惩处或辞退。他们以微利保本经营为原则，不做一笔坑农民的生意。8月份，公司组织回计划外尿素、碳铵和磷肥4600多吨。一些集体和个人逮住消息后纷纷赶来，要以高出调拨价15%～20%的价钱大量购买。公司没有见钱忘政策，在进价上加上合理费用，以利润总额不超过1%的价格，把这批化肥全部拨给了各基层供销社和公司零售门市部。同时，公司又专门成立了物价计量检查组，多次到各基层供销社和公司零售门市部，检查价格和计量，发现问题马上处理，保证了这批化肥低价供应到了农民手中。由于他们不断想办法平抑化肥价格，当地的化肥价格不同程度地低于邻县，公司当之无愧地荣获了县"物价计量信得过单位"的称号。（雷争放）

（原载《陕西农民报》，1987年9月24日第2版）

为了开发山区经济

富平县借山开路

【本报讯】富平县政府为了开发山区经济，自己出钱，借山开路，打开了富平县到铜川市的北大门，沟通了城乡经济交流。

富平县赵老峪乡地处金华山区，距铜川市只有四十公里路，但大山相隔，自古以来，人们来往都是在羊肠小道上人背、肩挑、驴驮。新中国成立后，这里的群众多次想打开这个石大门，但从十二盘村到金华山矿这段是属铜川市郊区红土镇前河村的地，因占地、用劳、资金等问题难以解决而一直未修。随着农村商品经济的发展，两边群众的要求越来越迫切。今年三月，富平县县长乔俊武同志亲自带领有关方面的负责同志，先后六上金华山，和铜川郊区、镇、村及金华矿的领导交谈，立即得到支持，双方成立了协调组织，铜川市让出十二亩地，金华矿愿出推土机。于是，县上拿出五万元，群众又集资一万余元，十一月十日破土动工，赵老峪乡男女老少齐动员，日均上劳五百多，经过一个多月的突击，主体工程全部完成。群众高兴地说："老几辈人的愿望实现了！"（通讯员：王民武 雷争放，记者：习文斌）

（原载《渭南报》，1986 年 12 月 23 日第 1 版）

抓"细胞"建设　促村风好转

两门村成立"家庭问题处事会"收效显著

【本报讯】富平县薛镇乡两门村"家庭问题处事会",引导农民正确处理家庭纠纷,促进了村风民风的好转。

1983 年春,这个村党支部根据群众的要求,成立了"家庭问题处事会",帮助群众处理家庭矛盾,评议"五好家庭""双文明户",树立文明新风。在处事活动中,他们以开展争当"五好家庭"活动为突破口,狠刹虐待、遗弃老年人等歪风。一方面大张旗鼓地表彰先进,一方面有针对性地教育批评虐待、遗弃父母者,给村里带来一股新风。

他们维护群众的合法权益,帮助当事人建立幸福美满的家庭。村里一位妇女把女儿嫁给外村一教师的儿子,不久这妇女的丈夫和亲家母相继病逝,儿女想为两亲家牵红线,可村里的风言风语却使他们举棋不定。"处事会"知道这事后,便通过宣讲《婚姻法》教育大家树立婚姻自主的观念,纠正旧意识,分头做两人的工作,终于使他们喜结良缘。4 年来,处事会使6 对闹离婚的夫妇重归于好,4 人丧偶后再建家庭,两户主动退掉了"娃娃亲"。

在处事活动中,他们还提倡邻里互帮互助,扶贫帮困。如今,全村的"五好家庭"已占到总户数的三分之一以上,过去有名的"老虎巷""忤逆巷",已被今日的文明巷取代。民风村风的好转,也促使了生产的发展,去年的农业总产值较1982 年翻了一番多。(雷争放)

(原载《渭南报》,1987 年 3 月 3 日第 3 版)

富平县实行目标管理　坚持两个文明并重

【本报讯】富平县实行目标管理责任制，全面落实今年工作。目前，32 个乡镇和有关部门已陆续在责任通知书上签字。

从 1984 年起，这个县就开始试行目标管理责任制这种管理办法。其主要作用是，把各项经济指标下达到各乡镇和有关部门，每项具体任务占一定比分，年终根据完成程度打分，总分低于 75 分者要根据责任大小分别进行处罚。在刚刚结束的县计划工作会议上，去年总分高于 85 分的乡镇和部门均受到不同程度的奖励。同时，也有三个总分较低的乡镇受到处罚。

经过两年探索，目标管理责任制日臻完善。除经济指标外，他们还陆续规定了工作指标、工作程度指标、业务指标等内容。党的十二届六中全会召开之后，县委县政府多次组织大家学习，领会《决议》精神，并决定把社会主义精神文明建设纳入今年的目标管理责任制之中。

为了避免以往搞精神文明建设口号喊得多，具体行动少，实际效果差等弊病，今年的责任通知书针对各乡镇、各部门的实际状况，分别提出了明确要求。使文化大院建设、教学设施的改善、农村卫生机构的建立健全等任务完全落在实处。（雷争放　连寿山）

（原载《渭南报》，1987 年 3 月 17 日第 1 版）

侯宗宾省长来我县察看苗情

【**本报讯**】2月7日，侯宗宾省长带领省上有关部门负责同志，在行署专员王双锡等陪同下，深入到渭南、蒲城、富平等县市的农田察看抗旱情况及苗情、墒情。

16时左右，侯宗宾省长一行进入富平县地界。看到农民在田间忙碌地施肥、冬灌，侯省长感到欣慰。在流曲镇，侯省长看到当地群众用塑料管延伸井灌渠道，扩大浇地面积，兴奋地说："这办法好，要向其他地方推广。"在美原镇八联村沐北合作社，一位正在撒化肥的中年妇女告诉侯省长，她家的麦子去年种得好，麦根壮，灌前每亩施10公斤尿素。侯省长笑着说："你还懂点科学施肥，真不简单。"一个井管员向侯省长反映说："要不是前一向电耍麻达，这头遍水早浇完了。"侯省长说："现在电已正常，你日夜守在这里很辛苦，向你慰问，拜个早年。"

途中，富平县县长张耀明汇报说，全县已冬灌麦田30.5万亩，超额完成了地区下达的冬灌任务，50万亩旱地麦田也进行了耱碾。侯省长说："你们的工作抓得紧，进展快，质量高，但是你们不能松劲，要想尽一切办法增供化肥，扩大灌溉面积，确保今年夏粮丰收。"（雷争放）

（原载《渭南报》，1988年2月12日第1版）

徐山林副省长慰问华阴富平受灾群众
要求振奋精神积极开展生产自救

【本报讯】二十一日，副省长徐山林一行在我区行署副专员郝景帆陪同下，来到我区遭受暴雨袭击灾害严重的华阴、富平两县城乡和抢险工地，慰问群众，指导救灾。

徐副省长赞扬华阴、富平两县各级党政领导和驻军指战员不畏艰险和酷热，与人民群众一道抢险救灾的高度负责精神。同时指出，本月末，我省渭河流域将有一次大的降水过程，各地要进一步落实好防、抢、撤救灾方案，确保人民生命和国家财产免受、少受损失。徐副省长还指示两县党政领导，要振奋精神，发动群众，自力更生，积极开展生产自救，做到重灾之下工农业不减产，财政不减收，人民群众不流离失所。（徐天雷争放）

（原载《渭南报》，1988 年 7 月 26 日第 1 版）

曹村乡建成初具规模的万亩经济林带
——今年花椒和柿子等林果收入突破 200 万元

【本报讯】富平县曹村乡从 1984 年至今已在荒山荒坡和埝边地头栽植花椒、苹果、柿子等杂果经济林近万亩，其中花椒和柿子等收入今年已突破 200 万元。

曹村乡地处富平县乔山南麓，历史上曾盛产柿子、花椒等杂果。由于"以粮为纲"历史原因，杂果树大部分被伐。八十年代初，这个乡实行家庭联产承包责任制时，把柿子树随地分包到户，并聘请林业科研人员对现有的果树进行改造。同时，他们还发动群众在西头、土坡、周家等 8 个村的荒山荒坡和田间地头栽植桃、杏、梨、苹果等 40 万株。今年，全乡 20 多万株花椒已进入盛果期，产花椒 10 多万公斤，产鲜柿子 66 万公斤，加工"合儿饼"10 多万公斤，成为全县最大的"合儿饼"生产乡。（孔令成　雷争放）

（原载《渭南报》，1988 年 12 月 20 日第 1 版）

统分结合两相宜　大河水满小河溢

杜村集体经济枝繁叶茂

【本报讯】富平县杜村发展集体经济，10 年来村上固定资产由 40 万元发展到现在的 1000 多万元，工农业总产值由 82 万元增长到 1846 万元，村民人均纯收入由 121 元上升到 1002 元。

1982 年这个村将 2500 亩耕地承包到户，村上原有的集体资金、农机具、水电设施设备及生产生活服务机构实行了两级所有、村级管理。村上成立了联合社，管理各合作社的财务收支，凡较大项目开支，先由群众会讨论，社长写出用款申请，经总支会议审批后予以支付。同时，定期公布账目，接受群众监督。各种农用机械，由村上统一保管、修理，农忙发放各社使用。村上还成立了电管站和水管站，统一电费、水费收缴标

准，收费专人专管。几年来，村社两级用自有资金办起了造纸、机砖、水泥制品等 14 个企业，年产值达 500 多万元。集体经济的壮大，为村民生产、生活的提高奠定了物质基础。化肥、农药、饲料等村上统一组织，以较低价供应村民。村上先后投资 35 万元，对 20 多条街巷全部整修，修通了地下排污管道，户户用上了自来水。投资 20 多万元，建起了可容 300 多名儿童入托的幼儿园。1984 年以来，这个村连续 6 年没向群众摊派过 1 分钱，村民生活用水费、医疗保健费和中小学生学费、民办教师工资、儿童防疫及计划生育等各项提留相继全免，仅此几项，村上每年要拨付 6 万多元。（雷争放）

（原载《渭南报》，1990 年 4 月 10 日第 2 版）

学习沿海经验　全力振兴经济

富平县改革新方案出台

【本报讯】怎样才能振兴富平经济？富平县委、县政府的领导带着这一问题认真学习沿海省、市改革开放的经验，制订出今后改革的新方案。

新方案明确指出，要真正振兴富平经济，首先要解放思想，更新思维方式和价值观念。在发展农业上，这个县决定把粮食面积压缩到 80 万亩，以先进的科学技术和增加水肥投入，提高粮食单产，增加总产。突出发展棉烟，在 3～5 年内，棉花恢复到 15 万亩，烤烟发展到 5 万亩，各类经济作物共达 40 万亩。实现这一规划，全县财政可增加 1000 多万元。为此，除不折不扣地继续执行中省地县制定的发展棉烟优惠政策外，还决定凡 1991 年棉烟面积未落实的乡镇，对其领导出示"红牌"。

在发展工业上，他们提出搞工业县建设。具体措施一是对现有企业不断进行技改，不惜血本在 3～5 年内形成 10 户以上产值上千万元、利税达百万元的骨干企业。二是放手发展城镇集体企业和乡镇企业。县委县政府决定，在职党政干部可停薪留职牵头兴办集体工业企业；离、退休干部可搞第二产业。对新办的集体工业企业，视其情况可给 1～3 年的免税，扶持企业进行技术改造；鼓励发展由劳动者集资创办的合作型企业。

在"八五"期间，要将财政收入搞到 5000 多万元。从 1991 年开始，他们对三分之一乡镇实行实体财政，适当下放财权和财力，按照"划分税种、核定收支、包死基数、超收多留"的方案，给县财政注入活力。

新方案还对多层次、全方位开展对外经济技术交流做出了具体规定。（齐宇强　李印功　雷争放）

（原载《渭南报》，1991 年 1 月 10 日第 1 版）

齐村乡集体工业稳步发展

—— 全乡 14 个村，其中 11 个村拥有集体企业，
工业总产值连续 5 年突破千万元

【本报讯】富平县齐村乡靠科学决策使乡村集体工业稳步发展，工业总产值从 1986 年起，连续 5 年突破千万元大关。全乡 14 个村，其中 11 个村办有工业企业。

近年来，齐村乡党委、政府坚持以中小型为主，就地取材

为主，为农村生产生活服务为主和以大中型企业为依托的指导方针，量力而行铺摊子，循序渐进上速度，挖潜降耗增效益，走出了一条依靠资源和外引内联发展乡村集体工业的新路子。20世纪80年代初期，他们在北部半山区采石料，烧白灰，兴办水泥厂；在中南部原区烧砖瓦、制粉条、腌酱菜等；还组织了2000多人的建筑大军，发展成为"两头在外"型劳务企业。20世纪80年代中后期，他们依靠大中型国有企业的技术援助，先后兴建了钢材厂、塑料厂、化工厂、造纸厂、五金厂等，使乡村集体工业走上了资源、技术并举和高产值、高利税、出口创汇的道路。总产值由1986年的1000万元增长到去年的1650万元。

今年年初，他们进一步完善了企业政策，狠抓企业的外部环境和内部管理，并决定再兴办5个村级集体企业，力争3年内消灭村办企业"空白村"。（雷争放）

（原载《渭南报》，1991年4月18日第2版）

西包线富平辖区段
昔日肠梗阻　今朝文明路

【本报讯】西包线富平辖区段，今朝成了文明路。

西包路富平县辖区段南起瓦头坡，北至耀县坡头，是关中通往陕北、内蒙古的咽喉，日过境车辆达1万多辆。多年来，在25.7公里长的公路沿线，500多家餐馆、商店、修理铺、白灰窑犬牙交错、蚕食路面。交通肇事，居高不下。为根治这种路况，富平县交警大队配合交通、工商、土地等部门，分期分批清路障，到今年 3 月中旬，沿线侵占路面的个体户，全部退到道沟 3 米之外，并将辖区路况打印成册，发给过往车辆，使司乘人员驾车过境时心中有数。还组织干警到沿线 7 所中小学上交通安全课。同时，县上还在这段路上专设了检查站，站上坚持昼夜上班。目前，这段公路安全又文明，光交通事故死亡人数就由 1989 年的 25 人降至去年的 7 人。今年第一季度仅死 1 人。前不久，这段路被省公安交警队命名为省第二条国道文明路。（郗居正　雷争放）

（原载《渭南报》，1991 年 4 月 25 日第 2 版）

富平县 5 万游子为家乡建设献计出力

【本报讯】数万名富平子弟在外地报效祖国、建功立业的同时，还时刻牵挂着经济尚不发达的家乡。从去年中秋到今年的月满，他们中的许多人为家乡建设出谋献策，并引进资金和各类物资共 2000 多万元。

富平籍在外工作人员共有 5 万余名。去年传统的团圆节前夕，富平县委、县政府及时发掘这一得天独厚的人才资源，邀请回部分游子，召开了首届振兴富平经济座谈会。家乡在建设中的困难，使许多人寝食不安。会上和会后，许多人为振兴家乡经济出主意想办法，多方引进资金、物资和人才，给富平的工农业生产注入了活力，县制药厂、秦东林产品化工厂、印刷厂、童车厂等企业，因及时得到他们引进的 384 万元流动资金和原材料，使企业得以正常运转或走出低谷。据不完全统计，这些企业新增利润达 30 多万元。优质苹果基地和花椒优质示

范田、笼养鸡、奶山羊基地和大棚工程也得以建设和发展，有些已初见成效。

在今年中秋节前夕召开的第二届振兴富平经济座谈会上，与会者达 200 余人，很多人又提供了重要的经济信息，并对振兴富平经济提出了不少切实可行的办法。（通讯员：雷争放 樊涛，记者：齐宇强）

（原载《渭南报》，1991 年 10 月 1 日第 1 版）

党政军民献计献策　共商振兴经济大计

大讨论使富平面貌崭露新容

【本报讯】富平县委自从 9 月开始以经济建设为中心的大讨论以来，县级 76 个部门共组织各种类型的讨论会 621 次，参加讨论者达 1 万多人次，不仅形成全县党政军民共商振兴富平经济大计的火热局面，也使富平面貌崭露新容。

大讨论是按县级领导、县级各部门和乡镇机关、企事业单位和村社干部群众 3 个层次进行的。讨论的主要内容有五点：一是工业如何进一步搞活企业，提高经济效益；二是农业如何再上新台阶；三是如何搞活市场和流通；四是财税金融如何进一步为发展经济服务；五是政法、纪检部门如何为经济建设保驾护航。讨论采取点面结合、上下结合和理论与实践相结合的办法，纠正人们的富平经济形势悲观、经济发展无望等思想，并开始批判富平自然经济观、产品经济观等 266 种错误的经济观。讨论中，大家提出合理化建议 760 条，制订出 199 条整改措施。

大讨论使干部群众的思想开始转变，全县形成上下同心、左右协力、各方鼓劲的经济大合唱新格局。农业上确定了4万亩烤烟、10万亩瓜棉间套"大棚工程"和10万亩优质苹果基地建设作为振兴富平的战略重点；工业上大力开发以面粉、奶粉、水泥、白灰为龙头，以系列农机具为主体的和以造纸、童车为骨干的重点企业。还确定了乡镇企业和搞活流通的主攻方向。各部门也根据自身的实际制订了为经济服务的具体措施。大讨论还使领导、干部的工作作风发生改变，深入基层搞调查抓实际工作蔚然成风。（张金枢　雷争放　齐宇强）

（原载《渭南报》，1991年10月26日第1版）

当年投入　　当年受益

富平县农业综合开发项目获好评

【本报讯】8月8日，富平县渭北旱原农业综合开发区的27个建设项目经省地领导和专家观摩验收后，认为达标。评价其工程是"当年投入，当年受益"的典范工程。

富平县列入第一批渭北旱原农业综合开发区的有王寮、华朱、齐村、觅子等4个乡，开发面积涉及21个行政村，8.7万亩农田。去年12月立项动工，今年7月全部建成，完成开发总投资316.7万元。水利建设方面，打成机井18眼，测改机井130眼，建设方田0.5万亩、四田0.53万亩，完成了温惠渠挖潜改造工程；农牧业方面共改良土壤9.6万亩，开发推广粮、棉高产新技术6.3万亩。装备乡农技站1个，植保站2个，建成种子库2座，投资13.9万元搞了肉牛、肉羊异地育

肥和黄牛改良等。林业方面建成农田林网及防护林5072亩，苗圃1个，乡林业站1个。农机方面购买大型拖拉机及配套犁4套。玉米秸秆还田机、小麦条播机、沟播机39台，建储油库1座。

这批建设项目的竣工，使富平县中部农业区抗御自然灾害的能力显著增强，取得了明显的社会和经济效益。如温惠渠挖潜改造工程，今年初夏投入使用，为下游3座水库输水200万立方米，在夏季大旱中浇灌秋田1.5万亩，棉田5000亩，灌区的棉、秋总产量净增230多万元，是该渠改造总投资的2.6倍。（齐宇强　雷争放）

（原载《渭南报》，1991年8月20日第1版）

有声有色巩固文化阵地　扎扎实实建设精神文明

富平县文化馆获得显著社会效益

【本报讯】富平县文化馆用各种生动活泼的文艺形式占领城乡文化阵地，取得了显著成绩。

近年来，富平县文化馆一直把活跃群众生活、占领文化阵地作为头等大事来抓，在修复原有设施的基础上，还挖掘潜力，开发新的文化项目，用创收的13万多元，先后建起露天舞台和两个大型花园，购买了艺术档案室工具、布帐、乐器等设备。利用这些设施，大力开展为群众喜闻乐见的文艺活动。仅今年1年，开展的活动就达23项。这些活动，或让传统的民间艺术再放异彩，或让艺坛新花初绽枝头，或用浓墨重彩描绘祖国山河、或用歌曲舞蹈颂扬党和社会主义，形式多样，不拘一格，群众高兴地说："歌曲越唱越红了，舞蹈越跳越欢了，赌博越来越少了，娃们越学越好了。"从今年 5 月，他们利用大厅举办的交谊舞至今已达 47 场，每次参加达百余人，县上的许多领导也到场助兴支持。与此同时，他们还为消防队、农行、城建局、生产资料公司等 10 多个单位辅导业余演出，以这些骨干带动本单位乃至全系统的文艺活动。他们给工商局辅导排练的小品"位置"，分别获得省、地个体户文艺表演一等奖。

这个文化馆先后荣获省社会文化系统先进单位和文明单位。（齐宇强　雷争放　樊涛）

（原载《渭南报》，1991 年 12 月 17 日第 3 版）

给居民安居铺路　为住房改革架桥
富平县建设银行实行配套服务成效斐然

【本报讯】富平县建设银行积极建立配套服务体系，为本县的城镇居民建房、购房多方提供方便。到 1991 年底，这个行吸收储蓄存款 110 多万元，给居民发放建房、购房贷款 200 余万元，使 250 多户住房困难户乔迁新居。

近年来，这个银行针对城镇居民住房日益紧张的现实，始终把支持住宅开发放在重要位置，专门成立了房地产信贷部，从信贷业务、账务核算形成一整套完整的管理体系，并经常性地广泛向群众宣传房改制度，以提高群众对这项工作的认识和承受能力。同时，他们采取先存后贷、存贷结合、存一贷二等办法，吸收社会上的闲散资金，以满足城镇居民建房购房之需。

发放贷款上，他们还有意识地向住房制度的改革实行倾斜政策，在资金上予以保证。几年来，经他们贷款建成的住宅面积达24 000平方米，并建起综合大市场商品住宅区。（齐宇强　雷争放）

（原载《渭南报》，1992年1月9日第2版）

集镇建设给流曲经济注入活力

【本报讯】富平县流曲镇狠抓了集镇建设，使这个镇已具农村商贸大市场雏形，不仅带动了当地工、商、建、运、服五业的快速发展，也给农村经济注入了活力。

流曲镇是渭北的一大重镇，处于富平县腹地。过去，这个镇街道仅6米宽，且凹凸不平，下雨泥泞不堪，行人叫苦不迭。从1988年始，镇党委和镇政府投资30多万元，各方集资75万元，开始了集镇建设。几年来，共拆迁120余户，房屋600多平方米，动用土石4万多方，修成宽18米的东西南北4条街道和28米宽的北新街，主要街道安上了路灯，并铺上柏油。新集镇一建成，就吸引八方商贾云集流曲。各种商品从外向内源源流进，从内向外大量流出。街东，形成渭北最大的木材市场，来自东北、广西、云南、湖北、四川的各种木材堆积如山，西安市木材公司特在这里设立站点，木材销往潼关、河南和铜川等地，年销售达两万多立方。西街成为废品收购街，带动东川村成为废品收购村，从业人员达600余人。南北街分别成为食品百货街和蔬菜街，使传统名食琼锅糖加工户增加到130多户，每户在春节前后仅此项加工业就可收入近2000元，产品销往西北五省和北京等地。同时，应运而生了许多专

业村，簸掌村加工的皮包四方有名，藏村的蔬菜供不应求，五里墩收鸡贩蛋富了一村人。（齐宇强　雷争放）

（原载《渭南报》，1992 年 1 月 4 日第 2 版）

立足本地资源　发展精深加工

食品工业企业成为富平县的经济支柱

【本报讯】富平县依托本县农业资源大办食品工业，不仅发展了乡镇企业，也振兴了农村经济，到 9 月底，全县 240 多个食品企业实现总产值 4300 万元，实现利税 400 万元，分别占全县工业企业的 32% 和 41%。

富平县是农业大县，是全省粮食主产区之一，奶山羊闻名全国，九眼莲菜、柿子、柿饼、杏、核桃、大蒜、花椒久负盛名，琼锅糖、蜜饯酥饺、太后饼历史悠久，技艺精湛。近年来，他们根据这一优势，狠抓了国营、集体、个体食品加工企业，进行农副产品深加工、精加工，先后在全县各乡镇建立了 15 个面粉厂、4 个乳品厂、23 个副食加工厂、2 个食品厂以及罐头厂、饮料厂、果品厂、酿造厂等企业，产品已发展到 15 大类 146 个品种。由于许多企业狠抓管理，重视质量，不仅提高了效益，增加了农副产品的附加值，还创了名优产品，宝塔牌奶粉曾获国优，并出口罗马尼亚；其他奶粉也多次荣获部优、省优；琼锅糖和蜜饯酥饺，曾获省行业优质产品及地区级优质产品，并参加了北京博览会；面粉全省闻名，供不应求。（齐宇强　雷争放　程正民）

（原载《渭南报》，1991 年 10 月 31 日第 2 版）

加强法律监督　落实执法责任

富平县实行部门执法责任制成效显著

【本报讯】富平县人大常委会在县级行政、审判、检察机关实行的部门执法责任制的实践证明，这个做法推进了全县的社会主义民主和法制建设。1991 年 12 月 19 日，地区人大联络组在这个县召开了现场会，推广他们的经验。

这项工作始于去年元月，具体办法就是把国家和地方已颁布的法律、法规，按其性质和内容对口落实到 47 个职能部门，排出执法目录 403 部，以正式文件下发。规定对新颁布的法律、法规视其内容及时发文明确执法部门，纳入责任制，并制定出监督检查和考核办法，逐步做到执法规范化、制度化。为使这项工作尽快落到实处，县人大先后听取和检查了 26 个部门的汇报，提出完善、改进的意见和建议，还组织 248 名县人大代表，深入全县各乡镇普遍对公、检、法、司机关的执法情况进行了视察，帮助其改进工作。

各部门也迅速在全县掀起了多层次、多形式、多样化的专业法宣传活动热潮。《计划生育条例》的宣传入户率达 85% 以上，使计划生育工作出现新局面；全民纳税意识明显增强，主动上门申报缴税户较去年增长 210%，按期交税率达 95% 以上，偷漏税户和偷税额分别比去年下降 75% 和 54%。到去年 11 月底，县人民法院受理经济案件 180 件，审结 116 件，依法收回逾期贷款 1725 万元，现存民事案件较去年同期下降 24.2%；公安局今年查处了大量案件，没有发生一起诉讼案件；仅有 16 名干部的城关工商所，依法办事，拒腐倡廉。截止 10 月底，已超额 30% 完成了全年工作任务。（齐宇强　李春红　雷争放）

（原载《渭南报》，1992 年 1 月 9 日第 3 版）

小病不出村　重病不上县

富平县农村医疗卫生状况大改观

【本报讯】富平县委、县政府把解决农民群众卫生保健和看病难作为卫生工作的重点来抓。到 1991 年末，全县新建乡镇卫生院 10 个，村级合作医疗所 165 个，全县农民群众梦寐以求小病不出村，重病不上县的愿望已成为现实。

富平县发展卫生事业坚持把重点放在农村。从 1990 年下半年起，在全县兴起集资建设卫生院热潮，全县干部职工和农民群众慷慨解囊，先后筹集资金近 100 万元，新建起小惠、雷村、宫里、施家 10 个乡的卫生院，进一步充实了乡镇卫生院的医疗设备，县上还采取浮动一级工资，优先晋升职称等优惠政策，鼓励中、高级医务人员到卫生院去工作，并选派 20 多名中青年医务工作者去外地深造培训，使农村卫生院长期以来存在的房屋破旧，设备简陋，技术力量薄弱的落后面貌成为历史。在整顿村级卫生组织中，依法收回流落到个体医生手中的原村卫生所房屋 256 间，医疗设备 670 余件，药品 34 万元。取缔无证行医 28 人，打击游医和贩卖伪劣药品 4 起 7 人。经过考核，500 多名乡村医生受聘持证上岗，已恢复的 165 个村卫生所（室）中，达到甲级卫生所标准的已达 127 个。（齐宇强　雷争放　樊涛）

（原载《渭南报》，1992 年 1 月 16 日第 3 版）

调整企业组织结构　　合理配置生产要素

富平县多形式推动企业联合

【本报讯】富平县采取切实可行的措施，调整企业组织结构，合理配置生产要素，大胆推动企业联合。今年以来，先后有10个不同行业的工业企业进行了联合，促进了工业生产上规模，上水平，出效益。到4月底，县属工业企业累计完成产值3763万元，较上年同期增长29%。

过去，这个县的工业企业，大多数规模小，产品单一，销售季节性强，产业和产品结构矛盾相当突出。对此，县委、县政府采取了四种形式推动企业联合。一是同行业联合。原农机一厂有5种部优、省优产品畅销全国20多个省区，因受场地、设施、人员诸因素影响，有些项目难以顺利进行。原农机二厂亏损严重，业不抵债，两厂合并为县联合收割机厂后，很快完成了一期技术改造，生产经营进入正轨。二是同一产品企业联合。原乳品一厂"宝塔牌"奶粉，畅销国内外。原乳品二厂拥有先进的生产设备，却因管理不善连年亏损。今年2月，两厂合并为富平乳品总厂，使两厂优势互补。三是不同所有制企业联合。乔山琉璃建材工艺制品厂是个体企业，产品远销韩国和东南亚国家，因场地等限制，难以发展，最近和停产近1年的县砖瓦厂联合，成立了富平乔山琉璃工艺品总厂。四是不同行业企业联合。县二轻局下属的钢锹厂兼并了庄里木器厂，县包装厂成为县印刷厂下属的一个分厂。

富平县调整企业结构虽然时间不长，但已初步显示出联合优势和规模效应。今年头 4 个月，水泥、农机、乳制品等骨干新产品产量较上年同期增长 40% 左右，其中县联合收割机厂实现产值 648.4 万元，较上年同期增长了 79%。（雷争放　程正民）

（原载《渭南报》，1992 年 5 月 26 日第 1 版）

富平法院因地制宜为山区群众 进行输血式扶贫

村民欢天喜地把奶山羊牵回家

5 月 11 日，陕西省富平县人民法院院长蒙振勤一行人利用周末休息将干警捐资购买的 20 只奶山羊羊羔，分赠给靳家村 10 户特困家庭，对边远山区群众进行输血式扶贫。靳家村青壮年劳力纷纷去外地下煤窑和打工，村中留守多为年迈老人与妇女儿童等辅助劳力，而且该村地处深山、牧草茂密，富平法院认为发展奶山羊产业在该村具有得天独厚的优势。（雷争放）

（原载中国法院网富平频道，2013 年 5 月 13 日）

富平法院"法官工作日"深入推进
"一村一法官"活动

振勤院长在薛镇赵老峪铁炉村杏花组与村民拉家常

蒙振勤院长、庄里镇党委书记张三放等

在庄里镇王庄村与村干部交谈

【陕西法院网讯】"我们今天到包联村去，一定要和群众见见面，留下联系方式，多了解群众诉求，关心群众疾苦，掌握当地的民风社情，关注当地经济与社会发展，扎扎实实地在联系点工作一天，实实在在地为群众排忧解难！"富平法院党组书记、院长蒙振勤在该院开展包村联系点工作一日的"法官工作日"活动动员会上明确要求。4月27日，富平法院75名法官干警在8名院党组成员的带领下，分赴全县66个行政村（社区、企业），走村入户，座谈访民，开展在包村联系点工作一日的"法官工作日"活动。

各包村法官在分片院领导的带领下，来到乡镇管区，详细了解区内社会治安、产业结构调整以及村级调解组织工作等开展情况；征求群众对法院工作建议意见，开展法律宣传，还现场处理了数起村民与村公益事业建设而发生的矛盾纠纷；法官们还就各种农业专业合作社的法律地位与主体资格等法律问题进行调研。

据统计，在此次活动中，富平法院法官共发放法律宣传资料5000余份，进村入户走访村民及法律咨询近7000人次，现场排查解决矛盾纠纷30余件，召开座谈会25场次，征集到人民群众对法院工作、社会管理、经济发展与民生等方面的意见建议70多条。（雷争放）

（原载陕西法院网，2013年5月2日）

富平法院院长蒙振勤
做客渭南广播电台《环境热线》栏目

【陕西法院网讯】6月20日，富平法院党组书记、院长蒙振勤应邀做客渭南市人民广播电台《环境热线》栏目，在《政法一线》版块中与主持人、广大听众互动，畅谈人民法院化解涉法涉诉信访工作，回答听众提出的问题。

蒙振勤表示，涉法涉诉信访问题的化解，在当下的司法机关被称为"天下第一难事"。近年来，在省、市法院的有力指导下，富平法院紧扣"为大局服务、为人民司法"的工作主题，从抓信访入手，化解矛盾树威信，标本兼治培元气，先后化解十分棘手的信访案件68件，扭转了涉法涉诉信访的被动局面。

在访谈中，蒙振勤就该院近年来狠抓涉法涉诉信访案件的具体方法、成绩及取得的良好社会效果做了详细介绍，还就人民群众普遍反映的法院"执行难"问题、司法救助的条件和对象问题，人民法院受理的案件类型，一般民事案件的受理与审理等审判工作，与主持人进行了互动交流。另外，蒙振勤还接听了听众打来的热线电话，回答了听众提出的有关法律问题和个案的执行问题。（雷争放）

（原载陕西法院网，2013 年 6 月 21 日）

富平法院召开全院干警大会学习
习总书记重要批示精神
明确新一年人民法院工作主攻方向

2 月 10 日，富平法院召开全院干警大会，组织学习习近平总书记对人民法院工作的重要批示，学习中央政治局委员、中央政法委书记孟建柱对人民法院工作的批示，学习最高法院院长周强在最高人民法院党组扩大会议上的讲话精神，动员全院干警要深入学习贯彻习近平总书记的重要批示精神，紧紧围绕"让人民群众在每一个司法案件中都感受到公平正义"的目标，牢牢掌握司法为民，公正司法这条主线，加强执法办案，深化司法改革，推进司法公开，加强队伍建设，为全面深化改革，促进法治中国建设提供有力司法保障。

1 月 28 日，中共中央总书记习近平在最高人民法院《关于 2013 年人民法院工作情况和 2014 年工作打算的报告》上做出重要批示，随后中共中央政治局委员、中央政法委书记孟建柱就学习习总书记的重要批示精神做出批示，最高法院于 1 月 29 日召开最高人民法院党组扩大会议，就学习贯彻总书记重

要批示精神做出安排部署。习总书记的重要批示，给人民法院工作人员以极大的鼓舞。春节期间，富平法院以新浪官方微博对习总书记的重要批示予以多次转发，让全院干警通过微博对批示精神进行学习。为了使全院干警进一步明确 2014 年人民法院工作的主要任务和主攻方向，富平法院于 10 日上午召开全院干警大会，对两位中央领导的重要批示和最高法院党组扩大会议精神进行了系统地学习。（李冬菊　雷争放）

（原载富平法院网，2014 年 2 月 10 日）

富平法院组织干警学习郭志英开展群众路线教育实践活动学习体会文章

4 月 28 日，富平法院召开全院干警大会，学习市委常委、县委书记郭志英同志开展党的群众路线教育实践活动学习体会文章。

渭南市委常委、富平县委书记郭志英在开展党的群众路线教育实践活动中，带头学习习近平总书记系列重要讲话，学习省委书记赵正永系列署名文章，在深入调研的基础上，结合富平实际，撰写了《传承习老精神，践行群众路线，努力实现人民群众富庶平安新期盼》的体会文章。文章既是对习总书记系列讲话精神的深刻体会，又是对富平如何贯彻中央、省委、市委精神，做好改革发展稳定工作的系统思考，对全县各级开展群众路线教育实践活动，加快富裕和谐美丽富平建设具有重要的指导意义。学习中，富平法院干警对郭志英体会文章中通篇体现的为民情怀，要求全县各级用心、用情、用力、用智做好工作，坚持以群众路线统一全县干部群众思想，加快富平建设与发展的决心与思想，深受感动与鼓舞。干警们通过学习，决心在院党组的领导下，牢牢把握"六个不动摇"，创新性地开展工作，努力转变工作作风，坚持以群众路线统领法院工作，全面加强审判工作，为实现富平又好又快发展做出新的更大的贡献。（雷争放）

（原载富平法院网，2014 年 4 月 28 日）

富平法院副院长刘爱民
获陕西省高院表彰

【本网讯】1 月 27 日，在由国家网信办、人民日报社、新浪微博联合主办的"新形势、新思维、新常态——2015 移动政务峰会"上，富平县人民法院副院长刘爱民实名微博"法官爱民"荣获"全国十大基层公务人员"。3 月 5 日，为表彰刘爱民在陕西法院新闻宣传工作中取得的突出成绩，陕西高院发文（《陕高法〔2015〕69 号》），对取得突出成绩的富平县人民法院刘爱民等三位同志记三等功一次。希望受表彰的同志珍惜荣誉，再接再厉，在今后的工作中再创佳绩。

文件号召，全省法院新闻工作人员要以他们为榜样，认真总结经验，不断开拓进取，进一步提高工作能力和水平，以人民群众喜闻乐见的方式搞好全省法院新闻宣传工作，为推动法治陕西建设做出新的更大贡献。（雷争放）

（原载渭南青年门户网，2015年3月16日）

媒体晒"老赖"颜面无处藏

富平法院首次新闻发布会取得良好社会效果

9月11日上午，富平法院召开了首次新闻发布会公布第三批失信被执行人名单。《最高人民法院关于公布失信被执行人名单信息的若干规定》实施以来，富平法院已经连续公布了三批失信被执行人名单，内容包括身份证号码、照片等重要内容，涉案总标的达一千余万元。本次失信被执行人名单公布后，在社会上引起极大反响。

《西部法制报》《华商报》《渭南日报》等多家媒体刊登了该院晒"老赖"的举措，陕西法院网、凤凰网、三秦网等网站纷纷转发这一信息。富平法院官方微博、微信对本次新闻发布会同步直播，网民广泛转发，阅读量已破7万。新闻媒体的广泛传播和7万余名网友的阅读量，说明此次发布会引起了社会各界的广泛关注，收到了良好的社会效果。

失信被执行人名单被媒体曝光后，威慑了"老赖"，惩戒了非诚信当事人的金融信用，限制了"老赖"的高消费，迫于法律和社会舆论的压力，部分有头有脸的"老赖"主动与法院联系，积极筹措资金配合履行法律文书确定的义务，并盼望能够早日将他们从"老赖"名单中予以清除。

富平法院新闻发言人、副院长刘爱民表示：今后将陆续在媒体曝光未自觉履行法律文书确定义务的被执行人名单，实行制度化和常态化新闻发布，不断促进社会信用体系建立、促进社会主义法制权威的树立，使人民群众期盼的"执行难"问题得以有效缓解。（雷争放　张茜瑜）

（原载富平法院网，2015 年 9 月 16 日）

富平法院首次启用单兵系统指挥执行案件

——信息技术为法院执行工作增添动力

单兵系统传回的画面

执行人员对扣押物品进行现场登记

　　12月17日上午，陕西省富平县人民法院首次启用单兵系统指挥执行行动，对位于富平县城南韩大街被执行人党某某、王某某经营的两处网吧分别实施扣押、查封措施，富平法院党组书记、院长党宏军、副院长田永华、执行局局长杨军等在法院审判执行指挥中心现场指挥执行行动，县纪委派驻法院纪检组组长高建峰也在执行指挥中心对执行活动进行了监督。

　　本次的执行活动法院共动用执行干警和警力20余人，上午9时在经过简短的执行动员后，在执行指挥中心的指挥下，执行干警即赴执行现场。

　　本次执行案件的申请人是杨某某，被执行人是党某某、王某某（二被执行人系夫妻关系）。党、王二人在富平县城经营了两处网吧，曾借申请人杨某某现金63万元。由于党、王二人逾期未还申请人借款，申请人杨某某向法院起诉，请求判令二被执行人偿还借款本金63万元及利息等。判决生效后，党、王二人未主动履行判决，法院在向其发送执行通知后仍未自觉履行。执行中查明，二被执行人在富平县城经营有两处网吧，但经营收入难以支付巨额的借款。为了维护申请人的合法权益，基于申请人的申请，富平法院启动了今日的执行行动。执行中，对二被执行人经营的流星雨网络会所的财产依法予以扣押，其中扣押电脑 145 台及配套桌椅、网络服务器 1 台。对二位被执行人经营的致远网络服务中心及其 49 台电脑、设备、网络服务器等予以查封。执行中曾遭到被执行人亲属的阻挠和干扰，但在法院工作人员的释法明理地说服后，使执行工作得以进行。

富平法院的本次强制执行现场所有活动，通过执行单兵指挥系统将执行画面实时传回法院执行指挥中心，在执行指挥中心的指挥下依法执行，执行人员对执行整个过程进行了拍摄录像，富平法院新闻信息中心以《带着微博去执行》栏目，在富平法院官方微博、微信上对执行活动进行了现场直播，共发布微博 9 条，实时阅读量达 5000 人次，网民转发微博、微信达 600 余人次。(雷争放　张茜瑜　王进)

（原载渭南法院网，2015 年 12 月 21 日）

富平："普法列车"护航花季少年远离校园暴力

原江涛　摄

继 4 月 19 日陕西省富平县人民法院"普法列车"驶进有着 70 余年办学历史的富平县迤山中学校园后，4 月 27 日上午，富平法院普法团队再出发，赴该县东南部刘集镇，向刘集高级中学师生做报告。贴近中学生青春萌动期心理生理特点的法治报告，获得了该校师生的欢迎与赞誉。

此次法治报告，侧重于校园暴力案件的成因、特点及其预防，重点阐述了刑事责任年龄和校园内容易发生的几类刑事案件的概念。同时，法官从审理的一起青少年因飙车而发生重大伤亡、给其家庭造成巨额财产损失的交通肇事案例说起，归纳了几类校园内容易发生的民事侵权案件的特点，重点阐述了民事责任年龄及民事侵权责任的承担问题。法官们还从高中学生处在青春期的生理、心理特征出发，着重谈论了青少年如何励志、成才与成人的关系，如何运用法律保护自己、安全度过青春期等贴近中学生学习生活成长的话题。

"让法律呵护你美丽的青春"是富平法院为处在青春期中学生而量身制作的法治教育课。"普法列车"进校园，让众多中学生乘上"普法列车"健康度过美丽而烦恼的青春期，并成长为法治中国的建设者和推动者。一幕幕令人痛惜而真实的青少年犯罪案例，一个个贴近中学生心理、生理特点和学习生活成长的话题，法官们讲得生动，学生们听得认真，触动心灵形成互动和共识，赢得了该校师生的阵阵热烈掌声。"希望法官今后常来学校讲课，让暴力远离校园，使同学们快乐健康成长，立志成人成才，是法官、教师、家长的共同心愿，也是全社会的共同期望！"刘集中学校长安月宁在法治报告会结束语时说道。（雷争放）

（原载中国法院网，2006 年 4 月 28 日）

"法制列车"驶入百年名校立诚中学

【本网讯】富平法院以'拒绝校园暴力,用法律呵护中学生美丽青春'的主题法制报告在富平县教育界产生深刻影响,5月5日上午,受富平县立诚中学校长杜睢社之邀,富平法院副院长刘爱民与他的普法团队向百年名校立诚中学的近1000名高一、高二师生做普法报告。

富平法院法制报告会立诚中学会场

立诚中学现有在校学生2000余名。校长杜睢社说:"立诚中学办学悠久,学风淳厚,人才辈出,校风校纪,师德学风,堪称一流。但仍有个别学生在校内校外纠集,存在打架斗殴迹象。县法院的法官在县上几所中学搞'拒绝校园暴力,用法律呵护中学生美丽青春'的主题法制报告,我们感到对学校教育和学生成长非常及时实用,就积极邀请他们来校做

报告。"

立诚中学的法制报告仍采用"法制列车"的形式。刘爱民副院长侧重于校园暴力案件的成因、特点及其预防，重点阐述了刑事责任年龄和校园内容易发生的几类刑事案件的案例及其概念；王喜兰副庭长从自己审理的一起青少年因飙车而发生重大伤亡、给其家庭造成巨额财产损失的交通肇事案例说起，归纳了几类校园内容易发生的民事侵权案件的特点，重点阐述了民事责任年龄及其民事侵权责任的承担；吴耀胜庭长则从高中学生处在青春期的生理、心理特点出发，着重谈论了法制与人类生活的关系，青少年如何励志？成才与成人的关系？如何运用法律保护自己安全度过青春期等切近中学生学习生活成长的话题。报告会上午8时开始，至10时许结束。

立诚中学标志性建筑——民国所建二层藏书楼

习仲勋同志早年求学时的教室

习仲勋同志为立诚中学题词

习仲勋夫人齐心为立诚中学题词

"阐发最新的学说，陶冶理想的人格，创造健全的社会"是胡景翼将军创办立诚学校时为学校题写的校训。2000年10月20日，习仲勋同志为立诚中学建校八十周年题："为国为民，培育人才。寄望后学，继往开来。"革命前辈的殷切期望，经过近百年的努力，健全的法制社会正在向我们徐徐走来。"让法律呵护你美丽的青春"是富平法院为处在青春期中学生而量身制作的法制教育课。

"法制列车"进校园，让众多中学生乘上"法制列车"健康度过美丽而烦恼的青春期，并成长为法治中国的建设者和推动者，是法治中国的希望所在。一幕幕令人痛惜而真实的青少年犯罪案例，一个个切近中学生心理生理特点和学习生活成长的话题，法官讲得风趣，学生们听得认真。触动青少年学生青春期的敏感话题，与他们形成互动与共识。报告会赢得了在校师生阵阵热烈的掌声。（通讯员：雷争放，图：张茜瑜　原江涛　张一鸣）

（原载渭南青年网，2016年5月5日）

富平法院邀请党校副校长做
"两学一做"辅导报告

　　为了使全体党员进一步明确"两学一做"学习教育活动的重要意义，更加深入扎实地开展"两学一做"活动，富平法院党总支 5 月 10 日下午邀请中共富平县委党校副校长孟智全为全院党员及干警作"两学一做"学习教育辅导报告。此次的理论辅导，全院干警用心听，认真记，呈现了良好的学习会风。会后，该院干警还利用工作之余的多种场合，展开热烈的讨论，相互交流学习体会。

　　孟智全多年从事党的宣传和理论教育工作，有较深的党的理论知识修养。孟智全副校长的辅导报告，从中央全面加强党的建设的理论高度，论述了党中央部署"两学一做"学习教育活动的重大现实意义和深远的历史意义，传达了各级党组织对"两学一做"活动的具体安排和要求，回答了"两学一做"

学什么？怎么做等重要问题。最后，孟智全副校长用较大篇幅，从理论与实践的高度，对我党中国特色社会主义理论的形成和发展作了回顾，重点对十八大以来习近平的系列讲话进行了系统全面的深入解读，对以习近平为总书记的新一届党中央探索治国理政方略、丰富和发展中国特色社会主义理论的重要实践和重大贡献进行了归类总结，为全院党员及全体干警在"两学一做"学习教育活动中学习习近平系列重要讲话起到了提纲挈领和画龙点睛的作用，指明了今后学习的重点内容和讲话精神的重要意义。

孟智全副校长深入浅出理论与实践相结合的辅导报告，获得了富平法院全体党员及干警的阵阵掌声，富平法院党组全体成员出席报告会并听取了孟智全副校长的辅导报告。（通讯员：雷争放，图：王进）

（原载渭南法院网，2016年5月11日）

富平法院干警聆听全国法院模范
法官先进事迹报告

近日，最高人民法院召开全国法院模范法官邹碧华先进事迹报告视频会议，富平法院组织中层以上干部在该院视频分会场收看报告。干警们被邹碧华法安天下，德润民心，爱岗敬业，勇于担当的先进事迹和精神所震撼，从心灵深处受到了一次精神洗礼。邹碧华是原上海高院的副院长，2014年12月10日因心脏病突发而英年早逝。

邹碧华逝世后，社会各界以各种方式悼念这位为中国法治事业做出奉献的好法官，并发出了"法官当如邹碧华"的感慨。近日，最高法院授予邹碧华模范法官、中共上海市委授予邹碧华优秀共产党员荣誉称号。习近平总书记等中央领导就学习邹碧华先进事迹曾做出重要批示，中组部、中宣部、中央政法委、最高人民法院等组织成立邹碧华先进事迹报告团进行巡回报告。在今天下午的视频会议上，富平法院干警认真聆听了报告团5位成员的感人报告，听取了最高法院常务副院长沈德咏和陕西省高院田平利副院长关于开展向邹碧华学习活动的动员讲话。富平法院干警被邹碧华的先进事迹所感动，纷纷表示要学习他法安天下，德润民心，爱岗敬业，勇于担当的优秀品质；学习他坚定政治信念，坚守法治精神，用心做事，活着就要努力奋斗的拼搏精神；学习他保持旺盛的意志与毅力，以勤勉的工作作风，真正回应人民群众对公平正义的迫切期待敬业精神。并纷纷表示，要结合法院工作，开展好学习活动，努力实践做邹碧华那样人民群众满意的好法官。（雷争放）

（原载新华网陕西频道，2015 年 3 月 12 日）

精准扶贫　　责任到人

富平法院干警赴曹村镇郭家村结对扶贫

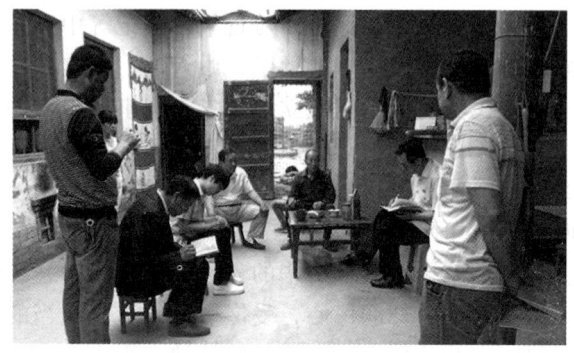

　　5 月 18 日，富平法院 22 名干警在院党组成员、副院长康存生的带领下，赴曹村镇白庙管区郭家村 7 个村民小组 47 户特困户家中，分头调查了解结对帮扶对象的生产生活情况及致贫原因，为他们脱贫解困出谋划策，鼓励他们抓住机遇，在党的扶贫攻坚作战利好政策指引和帮扶下尽快脱贫。

　　郭家村地处富平县北部山区，有 7 个村民小组 500 余户 2000 多口人。由于这个村自然条件恶劣，大多数村民生活清苦贫困，是富平县的重点帮扶贫困村。在这次的富平县扶贫攻坚战中，富平法院将包联的曹村镇郭家村列为扶贫对象。院领导与村党支部、村委会领导经过反复摸底，从全村村民中筛选出了 47 户 170 余人，作为帮扶对象，与法院干警结对，每名干警帮扶 2 至 3 户，责任到人，经过 3 年努力，使上述特困户家庭脱贫解困。5 月 18 日，是富平法院帮扶干警第一次到户造访，他们在村组干部的带领下，一户一户分头走访，与帮扶对象座谈，调查了解他们的生产生活情况、家庭成员情况、致贫原因和脱贫解困的思路。帮扶干警针对各户家庭的具体情况，有的放矢地向他们提出了初步的脱贫致富计划，鼓励他们更新观念，抓住机遇，扬长避短，借助国家精准扶贫的强劲东风，发展绿色产业，广开生产门路，多方创收规避灾害，尽快脱贫解困，赶上全体村民的生活水准。各个特困户家庭对干警们的到来十分欢迎，有的还热泪盈眶，充满着对党和政府关怀的感激以及对未来生活的憧憬。帮扶干警与结对对象互留了通信联系方式，签署了帮扶责任手册等扶贫资料。

各户走访结束后，干警们还参加了帮助村民整治村容村貌的义务劳动。（通讯员：雷争放，图：王进）

（原载渭南法院网，2016 年 5 月 19 日）

展览学习笔记　重温入党誓词　举行主题演讲赛

富平法院多形式纪念建党 95 周年

富平法院全体到会人员由党宏军院长领誓，
面向庄严的中国共产党党旗重温入党誓词

富平县委副书记、县人大常委会主任任润民讲话

　　6月27日下午，富平法院审判大法庭布置一新，全院干警身着夏季服装，精神抖擞地观看"两学一做"学习笔记展、心得体会展、审判成果展等展览。下午3时，该院举行践行"两学一做，争当优秀法官"主题演讲赛，王喜兰、张茜瑜等12名法官干警纷纷登台演讲，中共富平县委副书记、县人大常委会主任任润民，县政协主席金爱莲，县人大常委会副主任王全峰等县级领导及有关部门领导出席主题演讲赛，并为参赛选手现场打分。

　　为了隆重纪念中国共产党建党95周年，结合正在深入开展的"两学一做"学习教育，富平法院精心安排组织了这次的纪念系列活动。下午3时，纪念活动进入高潮，践行"两学一做，争当优秀法官"主题演讲赛正式开始，富平法院党组书记、院长党宏军代表院党组回顾总结了该院上半年以来开展"两学一做"学习教育活动的情况。随后，由党宏军院长领誓，全体到会人员重温入党誓词，面向庄严的中国共产党党旗宣誓。在两位主持人的主持下，12名法官干警逐一上台亮相演讲。演讲者结合"两学一做"学习教育，回顾我党建党95周年以来的光辉历程，谈论自己对党的认识和党所肩负的历史使命，畅谈个人践行"两学一做"，发挥先锋模范作用，在为人民司法中锻炼成长和建功立业的激情岁月和实践心得。干警们的精彩演讲，赢得了全场与会人员阵阵热烈掌声，并由特邀嘉宾进行了即时现场评分，评选出了演讲赛一、二、三等奖。审判监督庭王喜兰获一等奖，院新闻信息中心干警张茜瑜、政工科干警刘欢欢获二等奖，民一庭戴乐丫等获三等奖，与会的县级领导及部门领导为获奖者颁发了获奖证书。

演讲比赛结束，中共富平县委副书记、县人大常委会主任任润民做了会议讲话。任润民讲话中说，在全党全国人民隆重纪念中国共产党诞辰 95 周年之际，县法院举行践行"两学一做，争当优秀法官"主题演讲比赛，很有意义，展现了县法院全体干警在"两学一做"活动中认真学习，努力实践，勇于担当，司法为民的亮丽风采！演讲比赛，绝不是一次简单的学习比赛，而是党的重大工作部署在国家审判机关开展情况的汇报，是党的基层组织建设、作风建设、思想政治建设成果的展示。任润民在讲话中指出，当前富平县改革发展稳定的任务相当繁重，各项重大改革发展遇到了前所未有机遇，工作中阻力与矛盾纠纷错综复杂，十分棘手，司法工作维护稳定，保障民生，促进发展的任务与考验，更加突出。这一切，都需要全体法院干警在院党组的领导下，继续发扬顽强拼搏的精神，以勇于担当的责任意识和恪尽职守的履职忠诚，全力以赴做好审判工作，为大局服务，为人民司法，为全县的稳定发展提供更加有力的司法保障。一是要继续深入扎实开展"两学一做"学习教育。二是坚持司法审判第一要务。三是要十分重视审判质效工作，高效高质量地满足人民群众对司法工作的需求，努力让人民群众在每一起司法案件中都切实感受到公平与正义。
（通讯员：雷争放，图：王进）

（原载富平法院网，2016 年 6 月 28 日）

"双微"小文章　普法大作为

——陕西省富平法院应用新媒体促进司法公开纪实

2015 年 12 月 28 日上午，富平法院官方微博开通"互联网＋法官"栏目，围绕"破解民间借贷纠纷"话题策划了一期法官说法微直播，邀请该院两名资深网络大 V 法官讲解民间借贷案件及其法律适用，答复了众多网友的提问。数日之内，关于该话题的网络阅读量达 15 万人次，讨论网评 1100 余条，广大网民对该院官方微博以案说法的网络普法好评如潮。上述消息，是《陕西日报》等众多国内新闻报刊和网络媒体 2016 年元旦期间对富平法院利用官方微博进行"指尖上的普法"的报道。

富平法院官方微博、微信创办于 2013 年 11 月，截止 2015 年 12 月 31 日，共发布微博 1 万余条，其中近半数为原创微博。2015 年，该院官微策划播出《我和国旗合个影、共庆祖国 66 周年华诞》《大 V 法官讲宪法》《互联网＋法官》《庭审进行时》《带着微博去执行》等博文栏目，同步直播了该院新闻发布会，公布失信被执行人名单，通过微博、微信晒"老赖"。常年通过#法官讲法#栏目进行普法宣传，涌现出了"法官爱民"等 10 余名大 V 法官。富平法院微博、微信在国家网信办、人民网发布的全国政法系统运营榜单中曾排名第三。2015 年 12 月 24 日，新浪网微博、新浪陕西联合发布了"2015 陕西政务微博风云榜"，富平法院官方微博"富平法院"入选"2015 年度陕西十大司法系统微博"，排名第四。富平法院官方微博、微信运营两年多来，通过发布工作信息和审判资信，把微博、微信等新媒体作为推进司法公开、提升审判质效的重要平台，在运用新媒体进行司法宣传上创出了一条新路，取得了不菲的成绩。

组建队伍，微博呈"群"。2013 年 11 月，富平法院官方微博上级开通后，院党组顺应时代要求，认识到位。对于微博这种通过关注机制分享简短实时信息的广播式社交网络平台使其为人民法院司法政务服务，院党组统一思想达成共识，充分认识到人民法院开通并管理使用微博是审判工作不可或缺的组成部分，是有效收集舆情，沟通民意，倾听民声，服务民生，实现公开促公正的重要渠道，与法院审判工作同安排，同部署，同考核。随后，富平法院根据干警工作交流的需求，开通了富平法院官方微信平台。院党组确定一名副院长分管此项工作，院新闻信息中心负责"两微"的采编和运营。全院各个业务庭和部门分别确定一名网络信息管理及阅评员，全院共有 25 人兼职网络信息管理及阅评工作。与此同时，全院 21 个业务庭和部门全部开通了部门政务微博，数十名法官干警开通了个人微博，形成了法院官微、部门官微、干警个微等不同层次的各有侧重、各有分工、权威发布与互动的法院微博矩阵群，形成了法院微博宣传与舆情应对的兵力集中优势。

大 V 参与，带动人气。富平法院官微运营过程中，与之共同成长的是产生了 10 多名经过新浪实名认证的大 V 法官。该院副院长刘爱民的新浪微博"法官爱民"，粉丝达 50 余万众，是意见领袖级别的网络大 V，曾荣获全国十大基层公务人员微博奖，亦是全国法院系统唯一一名获奖者。2015 年年末，刘爱民的微博"法官爱民"和该院法官张一鸣的微博"富平一鸣"同时入选"陕西十大公职人员微博"，"法官爱民"和"富平一鸣"分别名列第 1 和第 9 名。为了提升法院官微的人气，富平法院经常特邀"法官爱民"和"富平一鸣"参与法院官微节目的制作与主持，"法官爱民"常年参与法院官微《法官说法》栏目的制作；每年的 12 月 4 日"国家宪法日"，法院官微邀请"法官爱民"参加《法官大 V 讲宪法》的制作；

另外，《法官大 V 谈借贷案件》《法官大 V 话老赖》《政务微博这一年》等栏目，大 V 法官的参与互动，使法院官微的阅读量与影响力得到迅速提升。法院通过媒体宣传，既宣传了法律，又增进了与群众的沟通与互动，赢得了人民群众的理解和赞扬。

聚焦审判，促进公开。富平法院官方微博、微信平台运营后，对"两微"使用的定位是"弘扬主旋律，唱响好声音，传递正能量，公开促公正，公平树形象"，以图文并茂在微博、微信上适时发布法院动态、法官讲法、案例评析、庭审直播、审判动态、裁判文书展评、干警好人好事等相关信息。即时浏览上级法院和兄弟法院政务微博，有选择性地予以转发或展开评论。开通法院官微以来，该院通过官微进行庭审直播 50 余件次，通过官方微博向社会公众公开法院审判过程，接受人民群众对法院工作的监督。2015 年 11 月 16 日下午 14 时 30 分，富平法院公开审理一起买卖合同纠纷案件，该案由法院党组书记、院长党宏军亲自担任审判长，整个庭审过程通过新浪网法院频道进行了全程视频直播，富平法院新浪官方微博对此次庭审活动进行了图文直播。庭审前，富平法院邀请了人大代表、政协委员和法院特约监督员等人员到庭旁听庭审。当日共有 3 万余名网友观看了庭审情况，有 6000 余名网友进行转发和评论，法院官方微博粉丝数量当日净增 3000 人。2015 年 9 月 11 日，富平法院召开首场新闻发布会，通过该院官方微博、微信平台向社会公布第三批失信被执行人名单。官方微博、微信策划完成晒老赖活动产生积极的影响，短时间累计阅读量达 10 万人次。12 月 17 日上午，富平法院首次启用单兵系统指挥执行行动，对被执行人的两处网吧分别进行扣押和查封，强制执行现场所有活动，通过执行单兵指挥系统将执行画面实时传回法院执行指挥中心，在执行指挥中心的指挥下依法执行，执行人员对执行整个过程进行了拍摄录像，法院新闻信息中心以《带着微博去执行》栏目在法院官方微博、微信上对执行活动进行了现场直播，共发布微博 9 条，实时阅读量

5000 人次，网民转发微博、微信达 600 余人次。富平法院官微《法官说法》《带着微博去执行》等栏目，已成为该院官微的金牌栏目，不仅受到广大网民的持续关注，还被众多中央媒体以及最高人民法院的官微关注与转发。与此同时，对于一些国内媒体披露的重大敏感案件和司法事件，该院官微还组织信息员及时展开阅评，引导舆情舆论，产生了积极的社会影响与效果。

新媒体的广泛运用，对于富平法院 2015 年的工作是十分给力的，多角度地报道了法院干警负重爬坡，追赶超越的不平凡事迹，向社会公众公开了法院的司法政务和审判动态。2015 年，全院干警在新一届院党组的领导下，身体力行党的"三严三实"，紧紧围绕"努力让人民群众在每一个司法案件中都感受到公平正义"的目标，坚持公正司法，司法为民主线，忠实履行宪法和法律赋予的职责，各项工作亮点纷呈，审判质效全面提升，规范化管理水平上台阶，服务群众的能力显著提升，法官队伍的整体素质明显提高，被省高院授予集体二等功，在全省群众满意度测评中位居渭南市法院系统第二名。截止 12 月 31 日，全院共受理各类案件 4451 件，审执结 4103 件，分别较上年同比上升了 59.13 % 和 66.92 %。全年案件审结率、审限内结案率、案件调撤率、上诉案件发改率等多项审判质效指标，均创近年来最好成绩。（雷争放）

（原载中华人民共和国最高人民法院网，2016 年 1 月 26 日）

围绕司法办案　　强化纪律作风

富平法院以问题为导向
开展"两学一做"活动

4 月 11 日上午，富平法院召开全院干警大会，以问题为

导向向全体党员干警安排部署"两学一做"活动，富平法院党组书记、院长党宏军做了动员讲话。

为了深入学习贯彻习近平总书记系列重要讲话精神，推动全面从严治党向基层延伸，巩固拓展党的群众路线教育实践活动和"三严三实"专题教育成果，进一步解决党员队伍在思想、组织、作风、纪律等方面存在的问题，保持发展党的先进性和纯洁性，党中央决定 2016 年在全体党员中开展"学党章党规、学系列讲话，做合格党员"学习教育活动。富平法院在今天的学习教育大会上，该院副院长康存生传达了省高院关于全省法院执法办案情况电视会议精神及 3 月末全省法院案件进展情况的通报。该院党组成员、纪检组长高建峰通报了该院纪检组、监察室 4 月上旬几次干警纪律作风检查情况的通报。党组书记、院长党宏军针对该院党员干警队伍现状，提出了以问题为导向，着重查找和解决党员干警在思想、组织、作风和纪律方面存在的问题，有的放矢针对性强地开展"两学一做"学习教育活动。党宏军说，全体党员要以对党忠诚、爱党护党，牢记党的宗旨，履行党员使命，遵守党章党规，执行党的纪律，在各项工作中起到先锋模范作用，只有这样才能说明学习教育活动收到了实效，达到了预期目的。党宏军院长在动员讲话中还要求该院党员要以高度的政治敏锐性和事业心，紧紧围绕司法办案这一人民法院工作的重心和中心，发扬克难攻坚、连续作战的拼搏精神，大干二季度，把案件办好办实，以高质量高效率的审判质效回应人民群众对法院工作的新需求和新期盼。同时，全体党员干警要强化纪律观念，端正审判作风，以高严的纪律作风保障审判任务的如期完成。

党宏军院长的动员讲话，在该院党员干警中产生了积极的影响，会议结束后全院干警立即精神饱满地投入到新的一周工作状态。（雷争放）

原载富平法院网，2016 年 4 月 11 日

不忘初心　狠抓审判

——回眸富平法院 2016 年上半年工作

2016 年上半年，富平法院针对案件数量呈井喷式增长，审判力量有限的现状，院党组多次召开专题会议，统一思想，凝心聚力，结合富平特殊县情，提出了坚持"三个并举"，开展"两争一创"的工作思路，全院上下坚定目标任务，压实工作担子，灵活施策，不忘司法为民初心，聚精合力狠抓审判，全力推进执法办案，取得了可喜的成绩。到 6 月 30 日，全院共受理各类案件 3078 件，审（执）结 2110 件，分别较上年同期上升了 15.76% 和 35.95%。

富平法院上半年工作中坚持的"三个并举"是：坚持"两学一做"学习教育与抓执法办案第一要务并举、坚持立案登记与矛盾纠纷适度分流引导并举、坚持判决与调解并举。"两争一创"是：争做优秀法官、争当办案标兵，创一流审判执行业绩。工作中，该院从以下方面扎实落实这一方针和部署。一是扎实开展"两学一做"学习教育。通过邀请县委党校副校长作"两学一做"专题报告、重温入党誓词、举办演讲比赛、优秀心得体会和手抄党章笔记展等系列活动，提高全体党员的思想认识和党性自觉性，教育全体党员不忘初心，忠实履职，提高基层党组织的战斗力和凝聚力，以党建带队建，以队建促审判。二是更新办案理念。年初重新修订了《富平县人民法院岗位责任目标量化考核办法》，调整结案率、调解率、结案均衡度等考核指标分值，引导法官树立均衡结案与调解优先，调判结合的办案思想，促使月度均衡结案率和调撤率同步提高。三是落实院领导办案制度。坚持以上率下，发挥示

范引领作用，上半年院领导办结案件 13 件。四是坚持审判质效预警约谈制度。逐月定结案目标，逐案预警提醒审限，对工作滞后的部门及干警及时约谈，督促其整改赶上平均进度，实现结案动态平衡。五是创新审判方式。推行案件繁简分流，简化民商事裁判文书，扩大简易程序适用范围，试行民商事小额诉讼速裁，缩短办案周期与日期。六是司法行政向服务审判倾斜。更新办公电脑和办案设备，全面实行庭审电脑记录。及时拨付办案经费，购置办案所需耗材，保障交通工具的油修和出勤率，为全院审判工作开展提供了坚实的后勤保障。七是提高法官的司法能力。多次邀请市中院法官就民商事发改案件进行专题指导和研讨，有针对性地解决办案过程中影响案件质量的实际问题。总结近两年来特别是新行政诉讼法实施一年来遇到的新情况新问题，发布了《2014—2015 年度行政案件司法审查报告》，与县政府联合召集 29 个行政执法部门负责人进行座谈，分析行政执法中存在的问题，落实行政机关负责人出庭应诉制度，促使行政机关提升行政执法能力与水平，扩大行政诉讼的影响力。八是开展"百日结案竞赛"活动，自 2 月 20 日至 5 月 30 日，对影响稳定和审判质效的长期未结案件、久执未结案件进行决战，全院干警掀起比学赶帮超的结案竞赛，活动期间共审执结案件 1324 件，涌现出了民事审判三庭等 4 个先进集体和李菊芳、杨福涛等 10 名办案标兵。九是落实从优待警政策。为全院法官干警进行了体检，为干警的日常工作提供温馨服务。

面对上半年取得的喜人成绩，富平法院戒骄戒躁，自我加压，学先进，找差距，添措施。7 月 11 日上午，富平法院召开 2016 年上半年工作总结暨"百日结案竞赛"表彰大会，党宏军院长在总结动员讲话中说，全院干警要在院党组的领导下，团结一致，迎难而上，低调务实，埋头苦干，干在实处，走在前列，为推动富平法院工作再上新台阶，为推进"三个富平"建设做出新的更大的贡献！（雷争放）

（原载富平法院网，2016 年 7 月 19 日）

富平法院党组学习习近平
"七一"讲话精神

    7月22日上午，富平法院党组中心学习组全体成员集体学习了习近平总书记在庆祝中国共产党成立95周年大会上的重要讲话等，进一步坚定了全体党组成员坚定共产主义信念，以不忘初心，继续前进的精神风貌部署法院党建工作和当前各项审判工作。

    富平法院党组中心组集体学习由该院党组书记、院长党宏军主持，学习了习近平同志在中央政治局常委会会议审议"两学一做"学习教育方案时的讲话和刘云山、赵乐际同志在"两学一做"学习教育工作座谈会的讲话；学习了最高人民法院院长周强关于学习贯彻习近平同志"七·一"讲话精神的指示精神；学习了中共中央办公厅关于学习习近平同志在庆祝中国共产党成立95周年大会上讲话精神的通知等。各党组成

员围绕学习内容，结合各自分管工作做了学习座谈发言，对该院前一阶段"两学一做"学习教育进行了评估和分析研判，对后半年法院党的建设提出了不少合理化建议。党宏军院长在学习讨论中说，"两学一做"基础在学，关键在做，全体党组成员要充分认识"两学一做"的重要意义，明确习近平系列重要讲话的核心要义和精神实质，增强以党建促队伍建设，以队伍建设保障和促进审判的自觉性，确保"两学一做"学习教育收到实效。为此，党组成员做到以下几点：一是牢固树立"四个意识"，坚定理想信念。要不断学习，学习系列讲话，学习党章党规，学习党的历史，学习改革开放的历史，解决好政治合格问题，解决好理想信念问题。要不忘初心，继续前进，履行好抓党建的主体责任。二是坚持执法办案第一要务，抓好审判质效，以公平正义为第一要义，履行好和谐稳定第一责任。三是充分履行从严治党、从严治警的主体责任，办好案子，管好队伍，抓好纪律作风，确保不出问题，精心打造忠诚干净担当的人民法院队伍。四是坚守公仆本色，发挥示范引领作用。无论是审判执行工作，还是队伍建设，各党组成员工作中要以上率下，发挥好先锋模范带头作用，使人民法院的各项工作在上半年的基础上再上一个新台阶。

不是富平法院党组成员的中心学习组列席人员一并参加了本次的学习座谈。（文：李冬菊　雷争放，图：仇玉龙）

（原载渭南法院网，2016 年 7 月 25 日）

通讯人物类

山山岭岭传呼唤

——记二等功功臣、陕西籍战士周争拾烈士

　　二十岁，多么令人羡慕的年华！然而，他的第二十个生日还未到来，就为捍卫祖国神圣的领土献出了宝贵的生命。他，就是被追记二等功的云南边防前线某部周争拾烈士。

　　一九八六年五月二十五日，蒙蒙细雨笼罩着老山的山山岭岭。整个上午，战士周争拾身披雨衣，手持钢枪，伏卧在哨位上，警惕地注视着临近敌军的阵地。突然，他看到在正前方一百米处的茅草丛中，有几个模模糊糊的黑影在晃动。小周暗暗告诫自己："沉住气，等他们靠近了再收拾！"眼看茅草的摆动由远及近，走在前面的两名越军终于从草丛中露出了脑袋。说时迟，那时快，小周抓起早就准备好的手榴弹，连连向敌人扔去。接着，纵身跃出堑壕举枪对准越军就是几梭子。两名越军没来得及哼一声，就上了"西天"。

　　此时，枪弹声惊醒了正在工事里休息的战友们。副班长孙有顺出来查看敌情，就在他俩对话的一瞬间，刚才缩回去的越军突然把一枚手榴弹扔到离副班长两米远的地方，即将爆炸的手榴弹"吱吱"冒着青烟。见此情景，小周大喊一声："快卧倒！"就一个箭步冲上前去，扑倒在副班长身上。"轰"的一声，手榴弹爆炸了，鲜血顿时染红了周争拾的军衣，他昏了过去。"小周！小周！"副班长一边急忙给他包扎，一边呼唤着。周争拾慢慢地睁开眼睛："副班长，你伤着没有？"说着，他用颤抖的手指着越军偷袭的方向："不要管我，敌人还会来……"。副班长抬头一看，果然见几名越军向我阵地扑来。副班长抹了把眼泪，放下周争拾，立即向越军还击。

　　经过一阵激烈的战斗，敌人丢下一具尸体狼狈逃窜。副班

长返回去抢救小周，却不见他的人影。战友们顺着一条血迹，在堑壕边找到了周争拾。"小周，你醒醒，你醒醒啊！"附近的山峦回荡着："你醒醒啊！"但是，周争拾再也听不到战友们的呼唤了。由于伤势严重，流血过多，他面对越军偷袭的方向，扑卧在阵地上壮烈地牺牲了。他的左手五指紧紧地嵌入泥土中，右手紧握着一枚手榴弹……

周争拾一九六六年十月出生于陕西省富平县底店乡一个农民家庭。一九八五年入伍后，他在多次激烈的战斗中，总是抢先担负艰巨任务，曾三次置生死于度外，抢救伤病员。五次冒着敌人炮火修工事、送文件，向阵地背水送干粮。为了表彰烈士的英雄事迹，云南边防前线某部党委给周争拾追记了二等功，并追认他为中共正式党员。七月二十六日，烈士的家乡富平县为周争拾举行了隆重的追悼大会，向周争拾烈士学习的活动，正在富平县城乡开展。（通讯员：雷争放）

（原载《陕西日报》，1986 年 8 月 3 日第 2 版）

身在油库不沾"油"
——记富平县石油公司党员带头端正党风的事迹

富平县石油公司党员干部，"身在油库不沾油"，在当地群众中成为美谈。

近水楼台难得月

前不久，公司党支部书记兼经理张照明同志的"老泰山"，满面风尘地来找女婿，要买一桶平价柴油。经理耐心地向岳父解释说："县上为了保证三夏供油，任何人不得私自供应一桶计划外平价油。咱给公司定制度，咋能带头违犯？"老汉回家后，觉得女婿才上任，是不是有些胆小，在一些人的鼓动下，又去找女婿，张经理再次婉言推辞。就这样，老汉连跑三回，也没从女婿那儿弄到一桶平价油。

老党员王德明，在公司工作已多年。他和女儿都在营业室开票。他常常对女儿说："吃了人家的嘴软，拿了人家的手短，干公家的事，咱可不能让人指脊背。"有天晚上，县上一个单位的司机，提上礼物找老王，拉了一会闲话，临走时从兜里掏出东西，放下转身就走，老王紧跟出门，硬是把东西塞给了这人。第二天，这位熟人到营业室找到老王的女儿，架着她父亲的话要买油。他女儿说："我爸的话也不行，我认的是油本。"

金钱面前不动心

去年，某单位的一位司机，托熟人找到支部委员、工会主席贺志敏同志，要买三桶平价油。磨来磨去，公司最后还是按照有关规定，给了一桶高价油。这个司机为了以后讨个方便，临走时，掏出二十元钱说："拿上花吧！"老贺当即说："油可以按规定加，钱，我不能收。用国家的油给个人捞油水，我没学会。"那位司机收起钱，开车走了。

又有一次，县上一个单位为了用油方便，派人给经理张照明送来一袋礼物，并说："一回生，二回熟嘛，以后若用××卡片，我们可以给你多弄几张。"张经理严肃地说："我们干的都是党的事业，各自都有具体的政策和规定，岂能拿人民的利益做交易？"话还没有说完，此人见无机可乘，便提上礼物走了。

"谁违章，就罚谁"

这个公司在安全保卫上，有一套完整而过硬的制度，僧面佛面都不看。

有一次，前任支部书记殷茂永的侄女婿开着小车闯进库

区，安保人员要照章罚款。他找老殷去说情。老殷说："谁违章，就罚谁！这是公司的规定，以后进大门，车要戴好防火罩。"老殷教训了侄女婿以后，主动到安保股交了两元钱的罚金。还有一次，县上的一位领导坐着小车闯进大门来检查工作，照样受到两元钱的罚款。

几年来，这个公司的广大职工，在党员的带动下，自觉抵制不正之风，争创第一流的优质服务，油库管理被评为地区商业系统先进集体，公司被县上评为文明单位。（雷争放）

（原载《陕西日报》，1986年7月9日第2版）

把青春献给山区

——记省劳模、优秀教师陈国俊

在富平县赵老峪乡的十二盘村，群众提起小学教师陈国俊，就有一种感激之情。他们说，咱今天能读书看报，学习农业科学知识，走上致富之路，还得感谢陈老师。

陈国俊老师今年44岁。在从事山区教育事业中，他把心血都用在了提高山区文化、普及山区初等教育上。那是1960年，刚从中学毕业的陈国俊，被任命为小学教师后，高兴地来到了十二盘村。学校就在一个高高的土崖上，有一面窑洞，里面只有8张课桌，6条木凳，10名学生。窑洞里光线黑暗，地面潮湿。"这哪里是学校！"看到这幅情景，他的心都凉了半截，晚上翻来覆去，怎么也睡不着。"陈老师，我们这里艰苦，全村几百口人，能识字的没几个。前几年，村上来了名城里的老师，没待几天，就走了。您可千万不能走呀！"农民的这些话，不断地涌现在他脑海里。山区需要文化，我是人民的教师，有什么理由要离开？他心里感到内疚，取消了要走的打算，在日记里写道："我要扎根山区一辈子，为提高山区人民的文化水平贡献一切。"

他说到做到。学校条件差，他自己亲自动手。他想改变学校环境，把学校由窑洞搬出来，可在靠吃国家返销粮的年月，哪里有钱来修缮学校？许多学生因交不起学费，中途都退学了。但是他，没有退缩，而是从实际出发，利用山区的特点，一边教学，一边带着学生在课余时间到附近的山上割荆条，编荆笆，挖药材。仅编荆笆一项，1年收入300多元。为全校30多名学生免去了学费和书本费，新添了14张课桌和1个办公桌。经过几年的勤工俭学，学校积累了一定资金。1978年，新建了一座能容纳50名学生的教室和四间宿舍，1间灶房。在建校中，他放弃了一个暑假的休息，和群众一起搬砖运瓦，采石拉土，抬木送料。学校建成后，他又和学生在空地、教室四周栽种了4000多株树，使学校的环境更优美。就这样连续11年，学校实现了"三免一自给"。

在搞好勤工俭学的同时，陈国俊还把普及山区教育放在首位。这里交通不便，离学校较远的张村、保村等几个村，入学率只占全村学龄儿童的15%，遇上天气不好，学生常常赶不上听课。为解决这个问题，他在各村建立了巡回教学点，每周要跑70多公里的山路为学生上课，使离学校偏远的4个自然村的95%的儿童都上完了小学。在教学中，陈老师从学生文化素质较差的实际出发，对个别学习好的同学，不断增加新内容，让他们能吃饱；对学习差的同学，也从不放弃。为了给这些同学开"小锅饭"，他宁可牺牲个人的一切。一次暑假，他爱人因病由河南老家转到西安陆军医院，做了手术。此时，她多么需要照顾和温暖啊。可是，陈国俊却给妻子做工作，让妹妹陪她治疗，自己返回学校，精心地为15名后进生补课……

20多年来，他带的班学龄儿童入学率达到97.2%，巩固率为98%，毕业率90%，普及率97%，达到了山区普及初等教育的要求。由于他把一切都献给了山区的教育事业，党和人民没有忘记他，1978年他被省、地、县评为勤工俭学先进个

人，1984年被评为省级山区优秀教师、劳动模范，并光荣地加入了中国共产党。（雷争放）

（原载《陕西日报》，1987年4月16日第3版）

火灾爆炸即将发生

——富平县交通民警排除"二·二八"险情记

2月28日中午1时30分，由陕北返回西安的西安市碑林区运输公司五队两辆汽车，行至西包公路71公里427米处，由于路滑，行驶在前面的汽油罐车突然车身左右晃动，司机虽采取紧急措施，但车子在向前滑动时，油罐便从车厢上甩下公路的左侧。紧随其后满载石油液化气罐的东风车也滑下公路的阳沟中。顿时，南来北往的车辆戛然截流，行人目睹肇事现场，无不惊慌失措。火灾、爆炸即在瞬间。

在这一触即发之际，执行沿路安全巡查任务的富平县交警大队大队长刘双江，民警张存郎、李万里等同志，闻讯赶到现场。只见甩在地上的装有五六吨汽油的油罐下端处，汽油不停地往外流，已淌出约1公里远。液化气罐运载车陷进相距汽油罐车13米处的阴沟里。此时此刻，肇事两端的车辆行人，有的想强行通过，有的惊慌中还捏着未熄灭的烟头。刘双江意识到，如果指挥失控，措施不力，即刻就会发生火灾和爆炸事故，周围的村庄和肇事现场两端堵塞的300多辆客货车将毁于瞬间。于是，他举手阻止所有车辆通行，责令所有行人熄灭烟火。随之向一同赶来民警发出指令，即向有关单位和群众求援。

——群众送来了麻袋，堵塞住了还在喷油的油罐漏洞。

——邻近的陕西压延厂公安科带着解放牌吊车、油罐车、消防车和一个班的消防战士赶到现场，投入了抢险战斗。

——被堵在长龙车队中的一辆黄河大吊车司机，也主动开车向前，将陷入阳沟的装有液化气罐的东风车，吊离易燃易爆凶险圈。

——参加抢险的消防战士和民工们，一边把甩在地上的汽油罐重新装上车，一边用泥土吸附油脂路面，并用消防车冲刷洗净，以保证来往车辆的安全通行。

直到傍晚 7 时许，一起非同寻常的一触即发的恶性事故，经过民警和群众的奋力排险，终于化险为夷，车辆行人恢复了常态，人们提得老高的心终于安定下来了。（王东峰　雷争放）

（原载《陕西日报》，1988 年 3 月 28 日第 2 版）

赵老峪变了

十年改革，给偏僻农村带来了什么？告别了贫穷和落后的富平县赵老峪乡的人们会如数家珍地告诉你："碗里有饭吃，身上有衣穿。家有十亩林，牛羊猪满圈。出门坐汽车，照明有了电。"

原先户户都欠款

赵老峪汇流五峪，自北向南，蜿蜒十余公里。十年前，这里是富平县最穷困的一个山区乡，全乡五百多户，二千五百多口人来自十二个省五十四个县市，大多是新中国成立前和三年困难时期逃荒流落到这里的。光秃秃的山峁上、沟岔土崖边，星星点点地冒出几株树木，升起一缕缕炊烟，不用问，那里便是一两户人家。三中全会前，全乡 80% 以上住的是土窑洞。大多数人家前边是土炕、锅台，窑洞后掌是牛羊猪混养的圈舍，五六口之家合盖一床被子，还是国家救济的。全乡家家户户缺粮吃。新中国成立以来，这个乡的每年数十万斤返销粮还

需靠国家发放贷款才能买回。极个别一年四季能吃上包谷煮洋芋糊汤的，就算是殷实富裕之家了。每天的劳动日值买不到一盒宝成烟，所以家家户户都是欠款户。

贫穷、落后、条件差，使得这里的许多人家，有女嫁平川，儿子陪着嫁。仅一个武岭村，十年内不但没有娶回一个媳妇，倒以嫁女带儿的方式先后迁出了六十三人。

富裕之路在山上

1978 年冬，北京传来了十一届三中全会召开的喜讯。1980 年夏，赵老峪在富平县率先实行了大包干生产责任制。又一次分牛分田到户，农民眉梢挂上了笑容。可是，3 年过去了，赵老峪仍没有解决温饱问题，山区群众富裕的出路在哪里？

1984 年，年轻的乡党委书记周安定、乡长李联斗跑遍了全乡的沟沟岔岔和万亩山坡田，与山民们倾心相谈。他们发现赵老峪的优势在山上，只有从扶贫扶老入手，以改变山区落后面貌为突破口，放手发展林牧业，才是解决当地群众温饱问题的唯一出路。通过调查论证，乡党委、政府确定了林牧业为主，粮食自给，多种经营，全面发展的山区建设方针，做出了《关于放宽林业政策的 10 条规定》，对原有集体林场折价承包到户，限期还本，收益归己。所有宜林荒山荒坡划归各户承包，政府发证，法律保护，允许联营、继承或转让；对 25 度以上的陡坡地允许退耕还林还牧；对在边远地区包山造林户所需庄基地、口粮田，由乡上统一划拨，允许农民承包治理小流域，开办家庭林场和小牧场等。

5 年过去了，周安定、李联斗带领乡党委、政府一班人和全乡群众，在山上栽了 500 多万株刺槐和经济林，累计造林1.6 万亩，占全乡宜林荒山地总面积的 60% 以上，全乡涌现出百亩以上造林户 30 多个，50 亩以上户 140 多个，全乡户均造林 25 亩，人均有林近 7 亩。退耕还林还牧，全乡减少土地

3000多亩，他们围滩造田，修坝锁沟，建设埝地、坝地、梯田和河滩田2000多亩，引进抗寒耐旱新品种，指导农民科学种田，使粮食总产由1980年以前的80万斤增加到现在的160万斤，人均占有粮食600斤。与此同时，全乡的畜牧业也得到了迅猛发展，实现了户均一头猪、十只鸡和一头半牛，人均一只羊，畜牧业商品年收达21万元。另外，他们每年还组织群众上山割山条，搞编织，挖药材，出山搞劳务，一年可赚回20多万元。去年林牧工副业占到总产值的67%以上，人均纯收入达到170多元。这虽比平原或其他富裕地区少了一大截，但与该乡1980年相比，却增长了两倍多。

如今生活大改善

在衣暖饭饱的同时，山乡人民五年间建造新房1000多间，使350多户结束了住窑洞的历史。1987年夏，十二盘村出现了大滑坡迹象，村民在乡村干部的带领下大干40天，盖新房118间，使全村31户村民全部搬出了险区。

祖祖辈辈受尽肩挑背负之苦的山乡人民，为了促进商品流通，1986年冬在铜川地界"借"山3公里，日上劳500人，移动土石方8万方，修通了赵金公路，方便了铜川金华山一带的煤炭运输，使富平的农副产品很快进入矿区。后来，乡上又先后组织开通和维修了10条村路共30公里，实现了"乡路通班车，村村通手扶"的愿望。通了电后，乡上还建起了水泥厂和铁粉厂。

在经济发展的同时，文化教育卫生事业也得到了发展。全乡群众集资8万元，对乡中和9所村小学进行了修建改造。乡上还建起文化站。全乡有电视机70多台，其中铁南、铁北两个村，95%的家庭有了电视机。录音机、收音机等家用电器进入普通人家。乡有卫生院，村有卫生所，大骨节等地方病已在青年一代中绝了迹。（通讯员：雷争放）

（原载《陕西日报》，1989年2月22日第2版）

又一曲精神文明的赞歌

——记舍己救人壮烈牺牲的教师鲁建荣

他去了，走得那么匆忙，年仅 27 岁。然而，他为抢救落水儿童勇于献身的高尚精神却长留人间。在富平县，在渭南市，他的事迹在男女老幼中被传为佳话。

沈河畔上，垂柳成荫，清水长流，一派园林风光吸引着城乡游人。6 月 30 日下午 2 时半，富平县迤山中学的英语老师鲁建荣有事到渭南市约会女朋友。他打算当天返回学校，因为他答应要给同学们辅导那一套英语期末考试自测题呢！他和女友匆匆见面时，趁机散步在沈河岸边的小径上。鲁建荣在迤山中学的青年教师中，也算是唯一的大龄青年了。情侣相见，说不完的爱，叙不完的情，火球似的太阳也很难阻挡他们间的深厚情谊。5 时左右，来这里闲游的群众已显然稀少。只有河水中半裸的长石上，几位妇女在洗衣、谈笑。当地育红小学学前班学生刘琳和王磊，由河东岸走斜径来到沈河老桥底下的基石上抛石块嬉水。两儿童正玩在兴头上，刘琳的鞋子掉进水中，幼小的心灵只知伸长胳膊捞鞋子，不慎脚下一滑，身子倾斜，掉进那深水潭中。这时在上游洗衣服的妇女王玉芳、王彩侠等，见状高声呼喊："救人呐，小孩掉进水里了！"

在小径上和女友散步的鲁建荣，顺声一看，落水小孩正在河水中哭叫着挣扎，另一小孩吓得目瞪口呆，不知所措。鲁建荣急忙把手提包塞给女友，顾不得向她打个招呼，边跑边脱去长衫，还来不及脱掉长裤和鞋，就跳入水中。他不会游泳，只狠劲地划开水流，当他刚迈出第二步，水已齐腰深，第三步迈出水就齐脖根。眼看鲁建荣自己也会被水吞没，岸上的妇女见状急呼："快救人，他不会游水！"这是在呼唤来人，同时也在警告鲁建荣，再朝前就会有危险。在这生死攸关的时刻，是进，还是退？进一步，孩子就可以得救，退一步，对于不熟悉水性的鲁建荣就可能脱离危险。他没有畏惧，毅然向水中的孩子身边前进。他在水中奋力挣扎着，一次次将孩子向岸边推送。恰在此时，在桥北卖雪糕的70岁退休工人孟福存闻声从300米外跑来援助，跳下水去一把抓住小孩的胳膊拉上岸来。小孩得救了而鲁建荣同志因精疲力竭沉入3米多深的水潭中。

岸边的女友吓呆了。她瘫倒在地上，抱着鲁建荣那黑色的提包，傻呆地望着那洁白的衬衣和包里还没来得及分享的大鲜桃。他来渭南仅仅两个多小时，尽管他口若悬河，可满肚子的私情话语还未说完呢！她伤心透了。她想哭，她想放声大哭。她想死，想和学习上曾是他的老师，生活上最爱慕的伴侣一块去死。她猛地从地上爬起向河水扑去，洗衣服的妇女王玉芳，一边呼喊，一边敏捷地拦住了她。

与此同时，闻讯赶来的青年李跃龙，个体户青年王渭中、张锋娃等8位同志纷纷下水搭救鲁建荣。水面上人头涌动，到处寻探这位为抢救儿童而落水的英雄。河岸上有牵绳的，有看管衣服的，有拿长杆探寻的，数十名群众，无声地、自觉地结为一个战斗群体。个体摄影师李萍，急忙按下快门，摄下了一幅生动的救人英雄群体图。"我再下！"渭南啤酒厂干部刘进财，尽管头胀得几乎要炸开，仍坚持下水潜捞。他已第5次潜入水底……鲁建荣终于被搭救上岸。数十名互不相识的群众又尽快地把他送往附近的铁一局二处医院。但终因溺水时间过长，鲁建荣同志光荣地牺牲了。

沈河的水在哭泣，岸边的垂柳低下头为英雄默哀。鲁建荣同志为抢救儿童奉献了自己的宝贵生命，沈河桥下巍然挺立起救人的英雄群体。（惠旺　雷争放　由保民）

（原载《陕西日报》，1989年7月20日第3版）

光明使者任旺登

任旺登,在渭北旱原富平县跌打滚爬了50个春秋,他把大半辈子都献给了挚爱的电力事业。群众称他是"光明的使者"。

1988年初,任旺登任富平县电力局局长。五年过去了,依靠全体职工的奋力拼搏,企业面貌焕然一新。全县乡级通电率达到100%,村级通电率由94.45%提高到95.8%,企业实现了标准化管理,去年一跃成为省局利润大户。

任旺登工作起来像一团火。他常对自己系统内的干部职工说:"我们是人民的公仆,农民的儿子,要时时处处想着为农业、为农民、为农村经济服务。"去年麦收后,天大旱,地里的玉米需要浇灌,而华阳变电站供电辖区内三乡一镇因变电站设计容量小,主变压器严重超载而不得不频繁限电。看着地里将要枯死的庄稼,任旺登流泪了。他上西安、跑渭南找领导,经过努力,终于形成了集资增加电力的方案。方案确定后,他又带领职工,深入用户宣传,做群众的说服工作,使资金在很短的时间到位。在抗旱最关键的时刻,完成了华阳变电站增容工程,10万亩秋田及时得到灌溉。群众称赞他们为华阳地区人民办了一件大好事。

几年来,任旺登同志废寝忘食,夜以继日地为农村电力事业操劳,每天工作都在10个小时以上。

针对个别职工对用户坑、卡、吃、拿、要等问题,任旺登制定了适合电力系统行业特点的《富平县电力局廉政建设制度》,并设立举报箱、举报电话、明察暗访等,加强廉政建设。遇到坑农亏农的事,他定查个水落石出。1989年4月,任旺登在明察暗访时发现,小惠乡电管站向用户乱收贴费。他连夜去电管站，查清事实后将多收的贴费全部退还给用户，扣发了当事人三个月奖金，让站长登门向用户道歉，公开检讨。

任旺登同志任职期间，富平县国民经济和社会事业迅猛发展，人民生活水平普遍提高。富平县委书记张耀明在慰问电力职工时说："富平取得这些令人瞩目的成就，电力先锋可是立了头功啊！"（雷争放　梁英）

（原载《陕西日报》，1992年9月24日第2版）

刺绣村里一枝花
——残疾女青年刘菊爱兴办家庭刺绣厂纪事

富平县吕村乡有个双保村，村子不大，百十户人家，但远近闻名。原因是这个村的大闺女、小媳妇个个脚踩缝纫机，一年里有十多万件精美的刺绣品销往省内外，是方圆皆知的刺绣专业村。提起这些，村民都喜滋滋地说："这全亏了菊爱啊"！

刘菊爱，今年二十五岁，一个普普通通的农村女青年。她淳朴、热情、爽朗。小时候因患小儿麻痹，造成左腿残疾。但她不甘心靠人养活一辈子，决心走自己的路。一九八〇年，吕村乡刺绣服装厂举办刺绣训练班，刘菊爱报了名。有人说："菊爱这娃，心很盛，只可惜这腿……"她不管这些议论，硬是拖着残疾的腿，一瘸一拐地去乡上参加学习，每天往返近十里路，用一只脚踏一天刺绣机，累得她腰酸腿痛。风里、雨里、雪里，摔了多少回跤，她记不清了。"算了吧！"父母看着女儿太苦了，心疼地劝她。菊爱咬了咬牙，坚持了下来。一晃三年过去了，她终于成为同期学员和厂里刺绣女工中的佼佼者，一个月可以挣回六七十元。

一九八四年，刘菊爱结婚了。她从乡上回到了村里。为了

不使自己的事业半途而废，她决定自己开办一个家庭刺绣厂。

办工厂，谈何容易！进料、加工、推销新产品、搜集信息和制作图案等一系列工作，对菊爱这样一位身患残疾的姑娘来说，困难太大了。资金、设备从何而来？她看到村里许多大姑娘、小媳妇忙完农活闲得无事做，便把姐妹们组织起来，办起了家庭刺绣训练班。三年里，办了四期，先后有百余名女青年从她门下出师，各自搞起了刺绣加工，全村现在有刺绣专业户五十五个。

开办家庭刺绣训练班，既向众姐妹传授了技术，又为自己积累了资金，菊爱家的刺绣厂也由小到大，越办越红火，现已拥有十多架机子和十几名常年女工。菊爱既是厂长，又是技术员。丈夫刘东良，出门推销产品，进材料，进门理家务做饭管孩子。她家刺绣的床帏、墙帏、被套、枕套、门帘、台布和电视机、洗衣机外罩等选料精、做工细、图案新，深受消费者欢迎。（雷争放）

（原载《陕西青年报》，1987年3月18日第2版）

咱富平的"李月华"

富平县薛镇乡雷家村二组中年妇女邓秀芹，自1973年以来，先后为当地三千多名跌打损伤患者义务诊病，被乡亲们称为"咱富平的李月华！"

邓秀芹是一位普通的农家妇女。十三年前，她拜师学了捏骨医术，消息传出后，远路近道赶来就诊的络绎不绝。

由于邓秀芹热情好客，心地善良，她不仅为病人义务诊治，提供药酒、绷带，还常常茶水招待，留客吃饭。1982年6月，底店乡温家村一位三十多岁的农民盖房时从房上摔下来把腰扭伤了，双脚水肿，无法站立，这家人把邓秀芹请到家治疗，直到病人能够下地走路，她才回家。去年 10 月初，富平县铁炉煤矿的十多名工人乘坐一辆手扶拖拉机翻车，大部分人受了伤，村上人将五名重伤员送到她家。邓秀芹立即给他们做了手术，并买回瓶酒，泡上药就洗。

邓秀芹一心一意为乡亲们解除痛苦，十三年如一日，分文不取，有人劝她："你为大家看病，费了功夫不说，花销也不少，可以收点费嘛。"她却笑着说："邻里乡亲的，人家有难求咱，咱咋好意思收钱？"（雷争放）

（原载《渭南报》，1986 年 12 月 30 日第 3 版）

他是老师更像母亲

——记青年英语教师孙林平

"王富平考上了西安外语学院英语系导游专业！"这消息在富平县迤山中学不胫而走。

人们议论说："王富平这娃能考上大学，多亏了孙林平老师的热心帮助。"

王富平家住富平县吕村乡留召村，5 岁丧父离母，无依无靠，全凭亲戚、熟人及老师的帮助。

去年 9 月，从教育学院英语系毕业的孙林平老师，分配到迤山中学任教。孙老师非常同情王富平的不幸遭遇，鼓励他说："好好读书，有啥困难，我帮你。"从此，孙老师除全部负担富平的一切生活学杂费用外，课余时间还辅导富平学习。他把自己的录音机、磁带、书籍和手头积累的大量资料，供富平学习使用。

1986 年除夕之夜，富平县城爆竹声声，富平呆坐在孙老师的宿舍内，怎么也看不进去书。想到自己的同学都依偎在父

母身旁欢度佳节，自己却孤孤零零，不由伤心起来。正月初一早晨，孙老师冒着风寒，从十多里路外的家中赶到学校，给他带来了年糕、花生、糖果等节日食品。孙老师无微不至的关怀，使富平又一次流下了激动的泪水。

王富平终于以优异的成绩考入大学。入学前，孙林平以"家长"身份，在新生入学贷款担保申请书上签了字。考虑到入学后拆洗被子困难，他又为富平买了一条被套。富平激动地说："没有孙老师，我会像去年一样，因身体太差而从考场上败下阵来。老师的教育和帮助，我终生难以忘怀！"孙老师说得更实在："以前，富平虽和我不沾亲，不带故，但我怎么忍心让一个有抱负的青年学生，因生活所迫而失去大展宏图的机会。"（雷争放）

（原载《渭南报》，1987年10月13日第3版）

洪水之夜

——富平县美原镇抗洪救灾纪实

8月2日傍晚，大自然肆虐逞凶，驱动滂沱暴雨洗劫富平县美原镇，降雨量151毫米，有730户人家受淹，199间民房和400堵围墙倒塌，82座窑场被淹毁，美原中学24座教室、157间师生宿舍浸泡在1米多深的水中。这个有着千年历史的古镇，也不知道哪朝哪代，地下挖了那么多的窖子，经洪水冲击、浸泡，纷纷下陷，有1962间房屋歪斜裂缝。

汛情、灾情，十万火急！

镇党委书记王茂义用有线广播向群众报警，要求全体党员和村社干部抢险在前，撤退在后，严禁丢下群众临阵脱逃。随即，镇领导带队，分三路赶往重灾村社抢险。在美原村六社，他们迅速组织起60人抢险队，在40分钟内，就用石块、麦草、泥巴筑起200米长的堵水堰，堵住了由雷古坊乡冲来的洪水。村党支部、村委会紧急动员700名群众，在镇北门、镇东北两个洪水入口筑起防洪堤。"蛤蟆洼"社地势低凹，历史上多次受淹，这次洪水汇集，村里一片呼爹喊娘声。共产党员刘文鼎想到社长不在家，就主动组织群众撤离。妇女惠金香抱着不满周岁的孩子在洪水中挣扎。他跳入水中，接过孩子，拉着惠金香脱离急流，又返回把11岁的周争救出。他从洪水中背出5人，把8户重灾户35人安置在自己家中。镇长刘转社，身材矮小，洪水淹到胸口，但他同镇纪委书记党文玉、美原村村委会主任冯秦基往返于进水危房中，带着老的少的撤离。美原中学校长孙彦杰带领在校教职员工，在洪流中抢险排洪，保住了校舍。

夜里4时，县上6套班子领导和10多个部局领导，带着抢险物资也赶到美原，分片投入抗洪。

次日清晨，曙光初露，从洪水中钻出来的绿柳在晓风中婆娑起舞，美原古镇又获新生。洪水败退后，全镇无一人伤亡。抢险中，党员、干部个个抢险在前。（雷争放）

（原载《渭南报》，1987 年 8 月 28 日第 2 版）

山回路转终逢春

——富平县赵老峪乡十年改变纪事

10年农村改革，给中国农民带来了什么？告别了贫穷和落后的富平县赵老峪乡群众说："碗里有饭吃，身上有衣穿。家有十亩林，牛羊猪满圈。出门坐汽车，照明有了电。"

穷日苦度

赵老峪，自北向南，蜿蜒十余公里。10 年前，这里是富

平县最贫困的一个山区乡。全乡500多户，2500多口人。从籍贯上讲，可划分出12个省54个县市，大多是新中国成立前和三年困难时逃荒到这里的。

一个在乡政府工作的张同志告诉笔者，三中全会前，全乡除当地少数老户外，80%以上住的是土窑洞，那时虽然是集体经营，牲口仍在各户饲养。大多数人家的窑洞里，前边是土炕、锅台，后掌是牛羊猪混养的圈舍，五六口之家合盖一床被子，还是国家救济的。那么吃的呢？可以说全乡家家户户缺粮吃。新中国成立以来，这个乡几乎没有给国家贡献过一粒粮食。

每逢薛镇二、六集日，这些过惯了天亮爬山坡，天黑钻被窝的山民，沿着崎岖的峪道，挑着担，背着筐，提着篮，衣衫褴褛，七瘸八拐，穿王马，过雷家，用山货土特产在集上换回粮食、蔬菜和生活日用品。贫穷与落后，使得这里的许多人家，有女嫁平川，儿子陪着嫁。仅一个武岭村，10年内不但没有娶回一个媳妇，倒以嫁女带儿方式先后迁出63人，有儿没女的人家，只好到商洛山中为儿"引"媳妇，引不来媳妇的入赘平川当女婿，入赘不出去的，成了新一代的光棍汉。

寻找富路

站在乡政府门前向西南远眺，富平北部最高峰明月山若隐若现，半山丛林中掩映出一户人家。这就是被当地群众誉为"明月山上一盏灯"的宁启亭家。1984年，宁启亭承包了山上一条荒沟，5年造林400多亩，栽植刺槐树12万株，他像一盏璀璨的明灯，照亮了赵老峪乡群众兴林致富的道路。

1984年，年轻的乡党委书记周安定、乡长李联斗跑遍了全乡，通过调查论证，乡党委、政府确定了林牧为主，粮食自给，多种经营，全面发展的山区建设方针，做出了《关于放宽林牧政策的10条规定》。

5年过去了，周安定、李联斗带领乡党委、政府一班人和全乡群众，在山上栽了500多万株刺槐和经济林，累计造林

1.6 万亩，占全乡宜林荒山地总面积的 60% 以上。全乡涌现出宁启亭式的百亩以上造林户 30 多个，50 亩以上户 140 多个，全乡户均造林 35 亩，人均有林近 7 亩。若每株用材树年增值按 0.10 元计算，全乡 1.5 万亩用材林年增值达 50 多万元。他们围滩造田，修坝锁沟，建设埝地、坝地、梯田和河滩田 2000 多亩，引进抗寒耐旱新品种，指导农民科学种田，使粮食总产由 1980 年以前的 40 万公斤增加到现在的 80 万公斤，人均占有粮食达到 300 公斤。与此同时，全乡的畜牧业也得到了迅猛发展，实现了人均 1 只羊，户均 1 头猪、10 只鸡和 1.5 头牛，年畜牧业商品收入达 21 万元。另外，他们每年还组织群众上山割山条，搞编织，挖药材，出山搞劳务，一年可赚回 20 多万元。

美溢山川

今年初夏，笔者曾去过一次赵老峪。公共汽车沿着曲曲折折的河畔公路向前行驶，绕过传说中"杨八姐上马"的高石岗，眼前便呈现出群山葱绿，溪流潺潺，牛壮羊肥的喜人景象。时值刺槐花初放，绿波染白云。沿公路线，500 多箱蜜蜂来往穿梭，山洼歌声悠扬。点缀在这绿山之中的，是沿河谷两岸的青瓦房舍。在衣暖饭饱的同时，山乡人民 5 年间建新房 1000 多间，使 350 多户结束了住窑洞的历史。在兰山河口的公路边，沿河岸建起了一座三开间门面的百货副食商店和营业食堂，店主人李文杰说，如果乡上没修通这条公路，他的生意绝对不会像现在这样红红火火。1986 年冬，祖祖辈辈受尽肩挑背负之苦的山乡人民，为了促进商品流通，他们在铜川地界"借"山 3 公里，日上劳 500 人，移动土石 8 万方，修通了赵金公路，方便了铜川金华山一带的煤炭外运，使富平的农副产品很快进入矿区。后来，乡上又先后组织开通和维修了 10 条 30 公里的村路，实现了"乡路通班车，村村通手扶"的愿望。通了电后，乡上还建起水泥厂和铁粉厂。

在经济发展的同时，文化教育卫生事业也得到了发展。全乡群众集资 8 万元，对乡中和 9 所村小学进行了修建改造，达到了"一无八有"的验收标准。今年又为乡民办教师晋升了一级工资，所有福利待遇与公办教师执行同一标准。乡上建起了文化站。录音机、收音机等家用电器进入普通人家。乡有卫生院，村有卫生所，大骨节等地方病在青年中绝了迹。（雷争放）

（原载《渭南报》，1989 年 2 月 17 日第 2 版，该文于 1989 年 8 月 15 日获《渭南报》"钟楼杯"征文比赛一等奖）

细心观察　深切感受

——《山回路转终逢春》采写札记

去年 11 月 19 日，我乘车去了趟赵老峪。

夜晚，我与乡机关干部彻夜相谈，查近年来的社会经济发展报表。白天，我们参观村民的新居和近年来营造的用材林、经济林，以及新建的河沟坝地，拜访造林、养牛养羊大户，让他们叙说赵老峪的昨天和今天。第二日晚，我们去公路边个体商业户做客，店主人叫李文杰，是我们高中时的同学，家住十二盘村。他与妻子沿河岸建起一座三开间门面的商店和营业食堂，南来北往的车辆行人在此购物、就餐者很多。清晨，我们站在乡政府门前远眺，周围群山起伏，孕育着勃勃生机的万亩丛林，在朝晖中隐隐透出径直挺立的躯干。另外，我们还参观了乡文化站、卫生院、乡中学等，从各方面掌握了山乡人民立志改变面貌的生动素材。

采访归来的写作，成了一个苦差事。要全面反映一个乡的十年变革，内容太多太繁杂，稿纸撕了一页又一页，花了近十天功夫，才写出了《山回路转终逢春》。

　　《山回路转终逢春》的写作思路是这样考虑的，在行文结构上，先用简短的笔墨，在序言部分概括出山乡群众衣、食、住、行、用等方面的深刻变化，造成一个先声夺人、先入为主的势态，用山乡群众之口，把对十年来农村改革的喜悦与溢美之情淋漓尽致地表达出来。在通讯的主体部分，我按照昔日穷困落后的现状，变革的内容和做法，以及变革的结果为序安排内容，既沿用了人们常用的时间为序的方法，又符合人们的逻辑思维。"穷日苦度"部分，在消息写作中属背景材料，而在这篇通讯中，我把它拉成一大段，旨在突出其贫穷、愚昧、落后的程度，与下文的变革及变革的结果形成鲜明的对照。不然，一个年收入不足两百元的山区乡，何以成为十年农村改革的典型。另外，在内容的取舍上，我遵循造成山区贫穷落后的原因是什么？改革的突破口是什么？怎样改革为思路安排内容，从而抓住了按山区经济发展规律办事，促进山乡经济全面腾飞的这一改革主题。

　　细心观察，深切感受，以情感人，是我这篇文章写得较为像样子的另一个重要原因。赵老峪从贫穷落后到面貌大变是我多年来的生活感受。从"光秃秃的山峁上，沟岔土崖边，星星点点地冒出几株树木，升起缕缕炊烟"到"沿河谷两岸的青瓦房舍"，从饥肠辘辘，衣衫褴褛到衣暖饭饱，从"天黑钻被窝"到"照明有了电"，从"七瘸八拐"到"大骨节等地方病在青年一代中绝了迹"，等等，我用自己童年、少年、青年等不同时期的"眼睛"去观察，去体味山乡群众在衣食住行用及精神生活等方面的深刻巨变，不惜笔墨地去描绘勾勒出它欣欣向荣的时代风貌，并形成前后回照，忧喜相间，以喜代忧的阅读思路，从而收到以事说理，以情感人，以山乡之巨变讴歌十年农村改革的宣传效果。（雷争放）

（原载《渭南报通讯》"创作经验谈"栏目，

1989 年 10 月 10 日第 4 版）

希望大棚当家人

——陕西富平县联合村团支书宋三省的事迹

关中平原上有个再普通不过的小村庄，村里有个年轻人不甘贫困和落后，他用科学这把充满魅力的钥匙，给全村人打开了一扇富裕大门。他叫宋三省，陕西富平县留古乡联合村的团支书。

1980 年，宋三省从部队退伍回村，不几天他就发现，阔别 3 年的家乡，种植毫无改变，收入仅够吃穿，这样下去怎么行？

一天，报上一篇介绍地膜种植西瓜获得好效益的报道吸引了他，他看了一遍又一遍，兴奋得好像拾了个大金娃娃。1983 年，他率先在村里种了一亩地膜瓜，谁知由于没有熟练地掌握使用地膜的技术，一次上过化肥后，许多瓜秧发黄枯死了。这一年他失败了，挺惨，一亩甜瓜，收入 100 多元，刨去投资，收入几近是零。

他没泄气，反复琢磨失败的原因和补救的对策，终于弄明白了，化肥烧死瓜秧是因为地膜不透气，致使温度过高造成的。他想，假如把地膜撑起来，问题不就迎刃而解了吗？

1984 年春，迎着各式各样的目光，宋三省用竹棍支起地膜，再次种了 7 分脆瓜。收获季节，宋三省的脆瓜一上市便被抢购一空，7 分脆瓜一下子收回 500 多元。

一天，团支委宋红委告诉三省，他丈人是县城里的务菜老把式，他去帮忙时，发现他们使用大弓棚务的菜，成熟早，产量高，卖钱多。

"你是说用大弓棚务瓜？"宋三省两眼闪光，"是的!"不谋而合，两双手激动地握在一起。

联合村的农民做梦也没想到，薄膜大弓棚产生了祖祖辈辈也没见过的神奇效应。红委试种的 5 分大棚脆瓜，比宋三省的小棚脆瓜又提前成熟近 20 多天，拿到市场顷刻销光。5 分地，收入 1000 多元。"啧啧，年轻娃厉害！"

1987 年夏，以宋三省、宋红委为首的 4 户种植大棚脆瓜的人，6 亩地又获得好收成，每亩均收入 2000 余元。

讲实惠的农民这下真正信服了。许多群众开始急切地向宋三省、宋红委这些年轻娃们讨经领教，并准备来年务大棚瓜必需的生产资料。

大棚脆瓜的成功，并没有使宋三省陶醉，卖完脆瓜，他站在闷热的大弓棚里，想着让这大棚怎样再显一次威。这个季节，能种什么呢？蔬菜？他摇头了，试过几次，效益不理想。那么，棉花？对，棉花！如果能种棉花，既能完成国家的指令性计划任务，种好了还能让村民们有收入。可大棚种棉能行吗？他赶快回到家，将手头的所有科技书细细翻了一遍，结果他很失望，有地膜棉的资料，没有大棚棉的介绍。看来，中国还没有一个农民做过这样的尝试，自己试试！这个闯劲十足的年轻人，背上棉花籽下地了。

由于大棚里气温高，加之瓜地肥足，水足，大弓棚里种下的棉籽三天后一露头就大显优势，苗又齐又壮，到"立夏"揭棚，棉花已高达 30 厘米，是地膜棉的 3 倍，打顶的当儿，一株"棉花王"上密密麻麻地挂着 43 个棉桃。

金秋，宋三省在本村创造了奇迹，试种一亩大棚棉花，收获皮棉 75 公斤，创联合村种棉史上的最高水平。

敢为天下先的团支书，一下子成为依靠科技致富的一面旗帜，团员青年都向这面旗帜靠拢。到今年，村里大棚务瓜者已占全村总户数的 91%，面积达 500 亩，仅脆瓜一项，全村已收入 51 万元。

看着务瓜种棉的人一天天富起来，许多贫困户常常望棚兴

叹。此时，宋三省召开团支委会，决定一个支委帮一户。同时，团支部还发动团员青年开展了一次"我为扶贫办实事"活动，筹集600元，扶持贫困户搞大棚作物。7社的舒金保过去穷得叮当响，三省主动借给他300元，让他买竹杆薄膜，还将籽种、瓜苗无偿送给他，舒金保感动得直淌眼泪，顶着别人的闲言碎语种了一亩大棚瓜，到年底，脆瓜和棉花共收入2000多元，小伙子高兴得眉里眼里都是笑。他还了账后，购置了架子车、电风扇、缝纫机、17寸黑白电视机等等。

宋三省仍没有陶醉，他开始考虑脆瓜猛然增多后的销路问题和运输问题，大棚种瓜务棉的技术普及和防灾治虫问题，还有怎样扶持那些弱智、残疾的贫困青年……（田忠东　齐宇强　雷争放）

（原载《中国青年报》，1991年11月9日第4版，该文获1991年度陕西新闻奖）

闪光的青春

——记富平县委机要秘书共产党员贾重新

"是共产党员，就应该一心扑在党的事业上"。贾重新，自1985年12月担任富平县委机要秘书以来，令人信服地实践了他的这一诺言。

县委机要秘书从早到晚，没有上下班，每年上级下发的各种文件就有1万多份，他都登记清楚，呈送及时，传阅转办无差错。归档、销毁无遗漏。1987年8月，贾重新发现机要室存放着1981年至1986年的大量机要文件和传真文件，便与机要干部一起，集中一个月，利用晚上加班加点，共整理装订文件137卷，资料47本，及时交档案局存放。

一天晚上10点多，县委机要室收到1份绝密级特急文件，文件执行时效是次日零时。当时正下大雨，贾重新同另一名干部打着雨伞，骑着自行车，赶到领导家门口，叫了1个多小时的门，及时将文件送到。

1987年春节他结婚时，按规定应享受30天婚假，但县委决定正月初八召开两级干部会议，他在家只待了6天，于大会的前1天赶来上班。会后，领导让他继续休假，他见年节已尽，工作正忙，便放弃了休假。

1987年他担任县委机要室主任后，肩上的担子更重了，妻子虽在城里工作，他仍像以前一样，长期在机关吃住。有次孩子生病住院2天多了，他才知道。可是当时手头工作正忙，顾不得去看孩子。他有年逾六旬的二位老人在农村居住，兄妹中就他离家近。可是每逢农忙，他都先让家属在农村的"一头沉"干部先回家。有时父母实在等不及，只好请亲戚邻居代为收割。据粗略统计，他在县委机要室工作的这些年，仅平时牺牲的节假日就达100多天。

作为县委机要秘书，整天接触的是机要文件和内部资料，每次常委会他都参加，常常有同事、同乡、同学，甚至亲属去他那打听这，打听那，他都以委婉的方式予以拒绝。贾重新是不是太原则，缺少人情味？该县北部沿山地区一妇女的丈夫自杀后，阿公、阿家等一家人抢其财物，经常殴打逼她出走。这位妇女不敢回家。万般无奈，领着孩子来到办公室，要求县委领导解决她的问题。每一次，贾重新都热情接待，跑前跑后。问题解决后，这位妇女来到办公室，掏出一包白糖说："这是我用3斤麦子换的，你对我这么好，一定要留下"。贾重新硬是让她把白糖带回了家。

几年来，他先后获得了优秀党员、优秀机要领导干部、党风建设先进个人、全县"十佳"优秀公仆等荣誉称号。去年，他还作为全省唯一县级保密工作先进单位的代表，参加了全国保密局长会议。（田志敏　雷争放）

（原载《渭南报》，1991年5月30日第3版）

情感凝作强效应

——富平县施家乡工作探秘

1991 年 11 月末，富平县许多乡镇的党政一把手们被结扎引产、收粮催棉弄得日夜奔忙之际，施家乡的这些工作却早已结束。这个位于盐碱滩上的穷乡僻壤乡，各项工作何以如此顺利？

当我们把他们的宝盒子揭开后发现，他们凭感情产生了这出人意料的强效应。

副乡长张载娣，丈夫是农民户口，给她带来很多困难。尽管赵绪庄书记和陈玉水乡长的爱人也都姓"农"，他们没有考虑自己，而是为她今天找书记，明天找县长，反映她的困难。你想，张载娣能不感动？她负责集资建乡卫生院，工作在全县夺魁；她负责抓计划生育，1990 年就完成了 1991 的任务，县上发了两次红字通报予以表彰。1991 年，这个乡的计生工作一直处在全县首位。这包含着张载娣的多少情？

感情在村社干部身上产生着神奇的效应，黄原村的王明堂，已有当村党支部书记 32 年的历史，就这样一个老党员，穷得可怜。几十年来，不仅没盖过一座新房，好点的家具也没添一件。就这，大儿娶了媳妇，二儿又等着，那一院庄基实在容纳不下了，想给乡上再申请一院庄基吧，话在老汉舌尖上绕来绕去吐不出口；不要吧，又实在摆脱不了困境。就在老汉发熬煎（发愁）时，乡上领导送来了一份庄基批复。就是这些事，使老汉对他们的扎实工作深感敬佩。1991 年乡上号召栽苹果树，群众不敢栽，老汉带头栽了 3 亩，带动村民一下子栽了 90 亩。1991 年抓村上计划生育，老汉逐人做工作。结果这个村的计划生育对象一人不留地做了手术。

感情的春雨，也洒在了施家乡群众的心里。新中国成立以来，施家乡无粮站，这里的群众交售公粮，要拉到5公里外的刘集。赵绪庄和陈玉水先组织车辆帮群众拉运。后来，就找县上有关部门，申请在乡上设粮站。去年，施家粮站终于落成了。看病难，几乎和施家乡的历史一样长，头痛脑热，乡卫生院还可以发几片药，打打针。稍重些，只好请患者去县医院。因此而造成的死亡悲剧有多少？从1990年开始，施家乡开始大兴这一工程。共筹集资金4万多元，建起了乡卫生院门诊部、住院部、透视、化验等一应俱全设施……还有建学校；遭受天灾人祸后给予群众及时的救济和组织生产自救……这一桩桩、一件件，均让群众强烈地感受到共产党和社会主义给予他们的恩情。

血肉关系，融洽感情，就这样潜移默化地在党和人民之间形成，达到这样的境界和高度，还愁什么工作干不好？（齐宇强 雷争放）

（原载《渭南报》，1992年2月8日第3版）

巧手绣奇美　爱心为乡邻

1986年春季的一天。阎良"飞机城"。

"Ok！Ok！"一个小小的儿童服装摊前，一群来自美洲的外宾瞪大蔚蓝色的眼珠，欣赏着摊上那一件件款式别致、刺绣精美的儿童服，赞叹不已。眨眼工夫，他们从那位四十来岁、模样清秀、打扮整齐的女摊主手中买去了10件称心如意的儿童服。用其中一位略通汉语的外宾的话来说："噢，我们捎给孩子的是来自东方的童话般美丽的衣服！"

这年秋季，已是金风送爽的时节，她的小摊上摆满了带有

刺绣的儿童连衣裙。有人笑话她是"正月十五贴门神——晚半月了"。谁知，刚上市便被顾客围住抢购一空。几个城里的娃娃因没买上那个有"熊猫吃竹"图案的裙子，不依不饶地缠着妈妈直掉泪。

这位女摊主就是陕西省富平县刺绣专业户王秀琴。这可是一个以天资聪颖、心灵手巧而闻名乡里的大能人！早在农村经济体制改革和市场开放之前，她就不甘于放着技艺受穷，巧妙地躲过生产队的追问和市场上盘查，搞起了"地下"童装加工。十一届三中全会以后，她更是如鱼得水，用自己不同凡俗的刺绣技艺，走出了一条致富之路。

她的刺绣品之所以大受顾客青睐，首先在于图案高雅，满足了消费者日益提高的审美要求。那"熊猫吃竹"上的熊猫，憨态可掬，十分逗人；"鸳鸯戏水"上的鸳鸯栩栩如生，尤其那深情的交颈之姿，引起无限的柔情；"红枫仙鹤"洋溢着大自然的逸情野趣，神清气爽……除了继承了我国民间传统的刺绣表现手法之外，她还十分重视艺术创新。她不拘泥于传统的平绣法，而多用线条化技巧，加上在构图上大胆夸张、变形，使绣品有了一种生动活泼、幽默放达的"现代美"。她的精明之处还在于注意到了不同年龄阶段的人对颜色的不同兴趣，如年轻人喜欢活泼、生动的果绿和粉红；老年人则喜欢深沉、定静的淡蓝……

正因为如此，她的刺绣品一在西安市场露面，马上就被来自河南、河北、山东、安徽等地的生意人盯上，签订合同、洽谈生意，热闹非凡。

几年工夫，就凭她那智慧的大脑、灵巧的双手，家庭很快富裕起来。可她并不把金钱看得太重，她说，她从前当过小学教师，她太爱孩子们了。她搞刺绣，并不单单是为了挣几个钱，而是为了孩子们穿得更漂亮。每当她看到街上的孩子们穿着自己刺绣的花衣，蝴蝶儿般飞向幼儿园、飞向学校，心里就洋溢着慈母般的快乐。

也许正是这深深的爱心使她心胸格外宽阔吧，她是那么慷慨地把自己那意味着财富的技艺传给远近前来求艺的姑娘们。

村上有个叫刘菊爱的残疾姑娘，羡慕秀琴的一手好刺绣，想学又不敢张口，于是就几次偷偷趴在秀琴的窗台上朝里看。秀琴知道了菊爱的心思，把她叫到身边，手把手地传给她刺绣技术，使这个残疾姑娘终于有了一条自立的门路。

后来，前来求技的多了，秀琴就和丈夫商量，在家办了个免费刺绣培训班。第一期学员结业那天，秀琴那小小的院子里摆了四十多台刺绣机。乡妇联领导前来讲话，表彰了秀琴在带领群众致富中的贡献。学生们更是激动，一个个像出嫁前的姑娘，哭着不愿离开。秀琴笑着说："你们翅膀硬了，就飞吧，用自己的技术挣钱，更要用技术使人们的生活更美好……这也算给咱妇女们争了气！"

那一批又一批刺绣班学员，不仅从秀琴身上学到了精湛的技艺，也学到了做人的道理。（王书明　雷争放）

（原载《农村成人教育》，1988 年第 5 期）

青岗岭上绘新图

——富平县岔口村主任米远利带领村民奔小康纪事

走进富平梅家坪镇岔口村，映入眼帘的是一派欣欣向荣的新农村景象：村后山坡新栽侧柏两万株，坡改梯田 300 亩，岭上 3000 亩旱地变水浇田，大舞台上村民敲锣打鼓扭秧歌。说起变化，岔口村民赞不绝口，句句不离新上任的村主任米远利。

竞当村官图的就是村民都能过上好日子

就职村主任之前的米远利，是一家私企董事长，在当地人

眼中，他是个有本事的人。去年年初，岔口村委会换届，他却突然宣布要竞选村委会主任。这一举动不仅遭到妻儿的坚决反对，朋友也不解地问："你米远利疯了，有这么好的私企，还要当那出力不讨好的草头王，你图个啥？"米远利说："图的是乡亲们都能过上好日子。"当主任的一年多来，米远利没拿过一分钱职务工资，他的家成了村上的招待所。他屁股下的车，成了烧私家油，跑公家事的"公车"。为了集体，他花了多少钱，或许根本就无法说清。米远利却说："说清说不清没啥，只要对集体有利，就值！"

修路改厕　改变村容村貌

米远利上任的首件事，就是为村民修路。一年前的岔口村，村落零乱，巷道曲折，凹凸不平，十分破烂。每遇雨季，天晴后半月内难以出行。岔口村几代人梦寐以求改变落后面貌的理想一直犹如"水中月"。上任后，米远利赴省上县，争取国家资金，动员村民，争取企业支持，历时半年之久，新修水泥道路5公里。随后他又动员村民建环保厕所，在每个村民小组修建了公共厕所，还清运了村中积累几十年的建筑生活垃圾1000余吨。到去年底，全村80%以上的农户，家家门前通了水泥路，而他自家门前的几十米道路，至今还是土渣路。

修水利　三千亩旱地变水田

米远利的第二把火就是要把岭上3000亩耕地变为水浇田。秋冬季节，岔口村后的青岗岭上，机器轰鸣，人欢马叫，米远利率领村民冒严寒整修农田，在岭上农田中修建一纵两横宽8米，总长6000余米的机耕生产路，实现了水电路三通。他还在岭上农田路边，埋设输水管道5000余米。修复配套了柳沟抽水站。米家村、赵家村的机井新建了泵房，更新了机电设备，完成了渠道衬砌和输水上塬管道铺设，全村塬上塬下所有耕地成了水浇田。他还与县水利部门联系，积极申报项目，在青岗岭东坡实施坡改梯，新增农田 300 多亩。带领村民实施绿化美化工程，在村后的陡坡沟壑地带栽植侧柏等风景树 2 万余株。

文化搭台　齐心建设美丽岔口

米远利任村主任之初，自掏腰包，让村民前往省内先进村礼泉县烟霞镇袁家村学习取经。为改变村民农忙进田头，农闲搬砖头（打麻将）的陋习，米远利筹资 50 多万元，建起了村文化大院，修建了大舞台和篮球场，建起了图书室，成立了锣鼓队、秧歌队、自乐班。元旦过后，村上还印制了岔口新貌挂历，向全体村民及在外职工发放。并与县人民法院共建法官工作室，定期邀请法官来村宣讲法律，调处矛盾纠纷。与驻村企业陕焦厂、龙钢厂和包茂高速收费站建立了密切联系，携手共建文明村。

一年多来，岔口村发展了这么多经济和民生工程，钱从哪儿来？米远利说，一靠党的好政策。二靠众人拾柴火焰高。村党支部、村委会一年来的工作，聚拢了人心，村民建设富裕文明新农村的积极性得到充分发挥。修巷道，修生产路，坡改梯田，植树造林，修复水利设施，大家一呼百应，纷纷解囊资助村上建设。米远利带领村民一心谋发展，不仅得到全村人的赞许，就连他的妻子和儿子，也由最初的强烈反对，变为理解与大力支持！（通讯员：雷争放　程琦，记者：杨华）

（原载《陕西日报》，2013 年 5 月 28 日 16 版）

让人民群众切实感受司法的公平与公正

——富平县人民法院抓审判管理促公正司法纪实

　　人民法院是依法行使国家审判权的机关，是维护社会公平正义的法律屏障。尤其在当前经济快速发展、社会矛盾多发的形势下，如何准确把握人民法院工作面临的新形势和新任务，不断加强管理，不断完善自身建设，健全审判管理机制，实现公正、廉洁、高效审判，是人民法院面临的一个新的课题。

　　近日，记者走进我市富平法院，与该县人民法院院长蒙振勤谈起 2013 年富平法院的工作，蒙振勤院长感触良多。他说这一年富平法院是在纠结与彷徨、困难与挫折的困扰中艰难行进的。年初的时候还肩负着省高院信访工作先进单位、无执行积案先进法院、档案管理先进法院、宣传工作先进单位等荣誉称号的光环，曾经是渭南市先进法院，荣获集体三等功，在县级年度责任目标考核中连续 3 年为优秀单位并获奖励。但到了二季度，形势急转直下，在全市法院的案件质效季末考评中排名靠后；几个信访老户出现反复，轮番赴省进京上访；法院的信息化建设因投入资金困难而影响全市进度。面对诸多困难与问题，法院党组一班人，狠抓案件质量，强化审判管理，切实解决审判环节存在的各种问题，把审判管理作为提升审判质效、提升队伍素质、提升司法公信力、确保司法公正的重要抓手，经过近半年的努力，富平法院的各项工作飞速进步，发生了深刻的变化。

　　看点之一：以审判工作为枢纽，强化管理格局提高办案效率。

　　管理是一门科学，是一种有效、有序的指挥、组织和协调的活动，它需要一定的组织机构借助一定的载体来组织、实施。审判工作管理作为人民法院内部管理的一项主要内容，具有其自身的特性，这项管理活动更需要有一个功能完善、运转协调的组织机构来完成。

7月15日，刚刚参加完市法院院长季度点评会的蒙振勤院长，回到富平的第一件事就是召开全院干警大会，传达市法院院长会议精神，安排动员审判提质增效工作。蒙振勤院长分析了审判工作面临的形势，对审判工作中存在的突出问题及原因进行了深刻剖析，要求全院干警要居安思危，知羞奋进，切实改进司法作风，严细审判各个环节，严格依法办案，精心搞好审判，苦干三、四季度，争取各项考核指标在三、四季度大幅度提升。同时，要创造条件，克服困难，坚定信心，切实搞好法院的信息化建设、立案信访窗口建设和涉法涉诉信访案件的化解工作，到年末跨入全市法院先进行列。蒙院长的讲话，在全院干警中产生了深刻而积极的反响，干警们深刻意识到审判工作提质增效，不仅仅是日常工作的考核和"面子工程"，更是人民法院审判工作体现司法公正公平的一项标尺，是人民群众对审判工作满意不满意的具体体现。要以群众利益无小事的高度政治责任感，按习总书记提出的"努力让人民群众在每一个司法案件中都能感受到公平正义"的指示要求，办好办精每一件案件，让人民群众从法院所办的每一件案件中感受党的温暖，感受司法的人文关怀，审判工作才能真正不负人民群众的厚望。

动员会之后，说干就干。富平法院发挥审判管理办公室在组织管理审判活动中的中枢地位，鼓励审管办首先是以制度按标准管案管人，力求管出质量，管出效率。院审管办按省法院制订的案件质效考核标准，对每一起案件进行结案评查，按月进行质量通报。其次是实施均衡结案。以前该院办案法官习惯于年初松、年中悠，到了年终突击办案。案件审理的过分拖延和年终的突击结案，势必造成审判、执行结案的不均衡，影响

司法效率和法院的公信力，影响当事人合法权益的即时实现，增加当事人的诉累负担。为了实现收、结案的良性循环，该院制订了"月度结案通报表"，审管办每月通报结案情况，计算各业务庭的月度均衡结案率，对结案比率低的业务庭，督促其查找原因，落实整改措施。为了切实提高审限内结案率，该院从业务庭庭长到分管院长，严格控制延长审限案件，对没有法定事由的报延案件坚决不予以批准。对临近审限的案件，实行"审限提示"，于审限届满前15日内提示业务庭和办案人员，督促其于审限内结案。以前，该院按案由向业务庭分配案件，由于近年来交通事故纠纷案件呈现井喷之势，导致民一庭受理的交通事故纠纷案件居高不下，办案人员人均受理的未结案件达四五十件。为了促使均衡结案，该院将交通事故纠纷的部分案件向案源较少的审监庭分流100多件，使民一庭的均衡结案得以大幅度的提升。再其次是大力度清理积案。7月底，富平法院安排两名副院长，对全院各业务庭和基层法庭的诉前调解案件进行调查摸底，重点排查超过1个月未达成调解协议而仍没有进入立案程序的案件。该院执行局办理的强制执行案件，在正式立案前均经历执前调查程序，但有多少执前调查案件？底子不清。该院分管执行工作的副院长，组织执行局对执前调查案件进行清理排查，共清理出调查案件近500件。诉前调解案件和执前调查案件的大量存在，虽表面上提高了已立案件的审、执结率，但客观上使人民群众的诉讼权利和合法权益不能得到根本保证。从7月下旬开始，该院诉讼业务部门开展诉前案件大清理。执行局干警全员出动，开展执前调查案件的财产调查取证和送达工作，历经两个多月的大排查、大清理，全院共清理诉前调解案件360件。调查送达执行案件450余件。全院诉讼案件的审结率、执行案件的实际执结率均较二季度末提高了4.78个百分点。

看点之二：以制度建设为依托，严格规范庭审确保办案质量。

　　以制度管人、用人，以制度建院、治院，始终是该院的一项建院原则，实践证明也是切实有效的。在审判工作管理中，该院更注重发挥制度的作用，以制度建设促进审判管理工作，在审判管理中以制度作保障并不断完善制度建设，使审判流程管理进一步走上科学化、规范化的轨道。

　　案件质量是审判工作的生命，如何提高案件质量？从二季度开始，富平法院下茬立势在提高案件质量上下工夫。根据二季度案件质效存在的问题，邀请市中院副院长傅桥舟、市审管办主任徐宏伟专程来富平，向全院干警辅导绩效考核评估办法，并就富平法院今年上半年审判质效的评估情况做分析研判，提出了5点改进意见。在此基础上，富平法院出台了提升审判绩效确保司法公正十项措施。其次是实施案件点评制度。8月19日，富平法院召开全院干警大会，院长蒙振勤就一起触电人身损害责任纠纷案件的发回重审进行剖析性点评，这是该院实施案件点评制度以来的首次点评。蒙振勤院长就该件发回重审案件的立案案由、立案流程、审理程序、案件事实、法律适用及判处结果等方面存在的问题进行逐项点评剖析，总结经验与教训，寻找失误的环节，提出今后的整改方向与措施。自这周起，该院利用每周一例会学习时间，由院长、副院长、各审委会委员对2013年发回重审、改判的案件进行逐一点评，共安排点评场次23次。再其次是在庭审上下工夫。该院扎扎实实开展庭审与法律文书"两评查"活动，从副院长到各审委会委员，从业务庭庭长到审判员，全院各业务庭普遍开展了庭审观摩活动，邀请人大代表、政协委员、省市法院审管部门的领导参加观摩评议。省法院审管办肖红果观摩了9月11日民一庭庭长同晓明担任审判长的一起交通事故责任纠纷案件的审理后评议说，庭审过程流畅、严谨，很成功，说明审判人员对案情吃得透，证据运用与把握恰当，法律适用准确，驾驭庭审的能力较强，是一起标准的示范观摩庭。到10月10日，该院已组织观摩庭审53场次，参加观摩评议的人员达518余人

次。实行院领导点评案件制度和开展庭审观摩活动，有力地推动了全院干警加强审判技能学习，千方百计提高案件质量的自觉性。

看点之三：以服务群众为基点，加强作风建设履行司法公正。

为了深入贯彻落实党的十八大精神，切实改进工作作风，密切联系群众，加强法院审务、政务和队伍建设，富平法院在二、三季度开展了严肃工作纪律，改进司法作风教育活动。富平法院开展的专项教育活动，缘于上海法官事件的发生。上海法官事件给各级法院及其所有法官敲响了警钟，说明司法作风教育和职业道德修养教育是一项长期而艰巨的任务。富平法院按照上级法院的要求，组织全体干警学习最高法院和省法院通报精神，抓纪律作风大整顿，加强法官职业道德建设，重点解决为民司法，权为民所用、利为民所谋，情为民所系的思想认识问题，牢固树立为民司法的宗旨意识，加强法官个人纪律约束和行为准则的落实，建设政治坚定，作风过硬，纪律严明，情操高尚的人民法院队伍。

为了密切与人民群众的血肉联系，富平法院今年以来，先后3次组织全体法官干警开展"一村（社区）一法官"活动，全院干警深入各自包联的村组（社区），入户走访群众，开展以法律咨询、调处纠纷、了解民意、扶贫帮困为主要内容的"政法干警一线工作日"活动，先后发放法律宣传资料15 000余份，进村入户走访村民及法律咨询7 000人次，现场排查解决矛盾纠纷30余件，召开座谈会25场次，征集到人民群众对法院工作、社会管理、经济发展与民生等方面的意见建议70多条。一名副院长带领的法官组在白庙管区靳家村走访，看到该村山大沟深，自然条件恶劣，90%的村民仍为生存而奔波。他们对该村生产状况进行调研，认为发展奶山羊产业具有得天独厚的优势。5月11日，蒙振勤院长代表全院100余名干警，将干警捐资购买的20只奶山羊羊羔，分赠给10户特困家庭，对边远山区群众进行输血式扶贫。群众路线教育、司法作风教育和法官职业道德教育，在富平法院干警中的思想深处留下深刻烙印，全院干警以院党组提出的"准立案、重调解、慎下判、强执行、审执兼顾、案结事了"的审判工作方针，廉洁办案，司法亲民，涌现出了许多一心为民排忧解难的动人事迹。

富平县素有中国"奶山羊之乡"的誉称，是国家确定的奶山羊养殖基地，奶山羊业的发展曾一度为富平县的经济做出了不可磨灭的贡献。近年来，富平县盗窃奶山羊案件频频发生，极大挫伤了奶农的积极性，民间怨声载道，一定程度上影响到富平县社会治安稳定和经济发展与繁荣。被告人唐某和王某盗窃奶山羊案件受理后，主管刑事审判工作的副院长田永华要求审判人员要转变司法理念，不仅要严惩犯罪分子，而且要全力以赴帮奶农追回赃款，挽回经济损失。承办人苏瑞利顶着炎炎烈日，不顾体弱多病，做了大量的工作，说服被告人家属退赃，为群众挽回了全部经济损失。老庙镇新店村村民王某的女儿被一车辆撞伤，因伤情严重，随即被送往解放军第四军医大学唐都医院治疗。王某因无钱给女儿续交医疗费，以女儿名义诉至法院。法院民一庭承办法官惠晓芬接案后，从多方渠道了解得知，王某与妻子离异，家境困难，为给女儿治病，已借遍亲朋好友。为了便于王某女儿继续治疗，承办人多次与肇事车辆投保的保险公司协商，保险公司同意预先支付治疗费104 575元。开庭审理过程中，经承办法官耐心细致地调解，该案当庭以被告保险公司赔偿原告医疗费377 000元而告结。从立案到结案，仅仅月余，原告即拿到了该笔赔偿款。王某心存感激，给法院赠送一面写有"贴心调解，解难于民"的锦旗。

今年4月的一天夜晚，美原法庭干警得知原告潘某与被告张某婚约财产纠纷一案的被告从西安返回家中，立刻动身前往被告家中送达应诉通知书等法律文书。因被告张某外出打工，法庭多次送达未果。干警们在庭长的带领下，于当日晚10时许，赶到被告家中，向其送达了应诉等法律文书，告知其应当

履行的法定义务及拒绝履行可能产生的法律后果。被告当晚表示愿意接受法院调解。依据原告提出的调解意见，经反复磋商被告张某同意给原告返还彩礼 30 000 元。法庭出具调解书，该案案结事了。诸如此类的案例，在富平法院还有许多。

富平法院提高案件质效，加强队伍建设的举措，在当地老百姓的感知中，法律的权威与公信力提升了，法院和法官司法为民的形象清晰了。以更高效、更快捷、更便利的司法服务，赢取人民群众的满意与认可，以高质量司法裁判服务经济建设，服务百姓生活，是富平法院人工作的终极价值。让人民群众切切实实从法院的审判工作中感受司法的公平与公正，是他们奋斗的源泉和动力。（通讯员：雷争放，记者：李亚晓）

（原载《渭南日报》，2013 年 10 月 22 日第 3 版）

司法为民谱新篇

——富平法院践行"三严三实"司法为民纪实

　　2015 年，对于富平法院来说是负重爬坡，追赶超越的不平凡一年。一年来，全院干警在新一届院党组的领导下，身体力行党的"三严三实"，紧紧围绕"努力让人民群众在每一个司法案件中都感受到公平正义"的目标，坚持公正司法，司法为民主线，忠实履行宪法和法律赋予的职责，各项工作亮点纷呈，审判质效全面提升，规范化管理水平上台阶，服务群众的能力显著提升，法官队伍的整体素质提高，被省高院授予集体二等功。上半年在全省群众满意度测评中位居渭南市政法系统第二名。审判质效位居全市法院前列。富平法院以优异的工作成绩，向各级组织和全县父老百姓上交了一份合格满意的答卷。

水涨船高善作为

　　2015 年人民法院司法改革风云突起，自 5 月 1 日起全国法院将立案审查制变更为立案登记制，富平法院的案件数量呈"井喷"势头。面对案多人少，办案压力剧增的现状，院党组在践行党的"三严三实"活动中提出了能动司法，迎难而上，敢于作为，水涨船高的工作思路，调整审判资源，完善院长、庭长办案制度，在全院开展"四比四看"结案竞赛活动，加大办案经费保障力度，全院上上下下，一切围绕司法办案这一

要务而忙碌。

2015 年 4 月 28 日 14：30 分，"砰"一声清脆的法槌响后，被告人刘海蒙涉嫌盗窃犯罪一案，在富平法院科技法庭公开审理。庭审由院长党宏军担任审判长，组成合议庭进行审理，并邀请县人大代表、政协委员及法院特约监督员等旁听庭审。院长亲自担任审判长审理案件，在富平法院近年来还属首次。富平法院院长带头办案推进司法规范化的举措，分别被《人民法院报》《陕西日报》予以报道。院长身先士卒的榜样力量，在富平法院激起千层浪，副院长、庭长，在行政岗位工作的法官干警纷纷加入办案行列，办案一线的干警更是时不我待，无论班内班外，无论白天黑夜，主动加班加点办案，涌现出了一批超额完成办案指标的先进庭室和办案超二百件的先进个人。到年末，全院共受理各类案件 4451 件，审执结 4133 件，分别较上年同比上升 59.13% 和 66.92%。

遵规守矩成方圆

古人云"无规矩不成方圆"，司法办案更应遵规守矩，这个规和矩就是各项审判的程序法和办案制度。办案如不遵规守矩，就有可能产生因程序不公正而给案件实体裁判结果带来不公正的损害。2015 年初，陕西高院针对审判工作实际，在全省法院系统中开展了旨在提高审判质效为目标的"司法规范化建设年"活动。春节后上班第一天，富平法院即召开"司法规范化建设年"活动动员大会，党宏军院长在动员讲话中说："凡事规范了就不会出问题，我们今年的工作思路就是要抓住'司法规范化建设年'这条主线，让规范化理念内化于心、外践于行。用规范助推司法，以公正赢得民心，干在实处，走在前列，推动我院司法工作再上新台阶。"自此时起，一场司法规范化建设的浪潮席卷富平法院。该院将规范化建设作为一切工作的"龙头"和"牛鼻子"，围绕立案环节、审理环节、庭审环节、信访环节、后勤保障环节等提出了具体的规范要求。全院法官干警结合自身实际，聚焦"六难三案"，开展"六查六纠"，全面查找并纠正审执工作中人民群众反映强烈、影响司法公正的不规范、不文明、不作为、乱作为等问题。全院各庭室经讨论查摆出不规范问题 31 个，其中立案环节 3 个，提出整改措施 4 条；审判环节 16 个，提出整改措施 18 条；执行环节 6 个，提出整改措施 5 条；审判管理环节 2 个，提出整改措施 5 条；司法保障环节 4 个，提出整改措施 4 条。问题查清楚了，就要建章立制，消除苗头和隐患。为了切实抓好整改，该院着力完善了 4 项制度，形成了一套完善的审判执行监督体系。利用信息化手段，加强案件质量管控，着力提高审判质效，上半年就案件质量、效率、效果及裁判文书上网等共发通报 36 期，庭审观摩案件 27 件（次）。实施案件质量评查制度，全年评查案件 3685 件，评查裁判文书 1865 份。发回、改判、指令再审案件跟踪督办和责任倒查制度，也在审判工作中予以实施。

富平法院"司法规范化建设年活动"开展一年来，收到了吹糠见米的效果，全年案件审结率、审限内结案率、案件调撤率、上诉案件发改率等多项审判质效指标，均创近年来最好成绩。

服务百姓动真格

法院审判遵循不告不理的原则，但告到法院后法官的司法活动存在一个能动司法的问题，因此为当事人的诉讼活动提供服务和各种便利，成为现代司法制度的重要元素将其融入审判活动的各个环节。以前，富平法院的审判大楼因建设布局原因，机关办公与审判活动相互夹杂，每遇庭审活动，各个楼层楼道聚集了不少当事人，审判人员多在各自办公室接待诉讼当事人，既影响了法院的正常办公办案秩序，又容易让人产生法官与当事人接触的公开性与透明度的猜疑，甚至法官与当事人因诉讼活动出现不必要的矛盾，给法院及法官的人身安全带来

隐患。同时，由于没有专门的诉讼服务中心，法律咨询、立案收费、投诉信访、判后答疑等服务功能区分散在不同地点和楼层，群众在诉讼时往往需要楼上楼下反复跑，带来诸多不便。在开展党的"三严三实"教育活动中，院党组按照干事要实的要求，下决心解决群众诉讼服务不到位的问题。于是院领导多方筹措资金，投入30余万元，对法院办公与诉讼服务区进行重新规划与改造，从立项到完工仅用了一个多月的时间就完成了改造和施工。改造后，该院在一楼及二楼西侧设置了谈话室9个，审判法庭3个。来院诉讼的当事人进入法院，一律自诉讼服务中心入口进入，各项审判活动的开庭、谈话、调解、案卷查阅复制以及会见当事人等活动一律在审判区进行，有效地实现了法院审判、办公秩序的分区管理，避免了有可能影响司法公正中立的人为因素。而新建成的诉讼服务中心，则是将法律咨询、立案收费、投诉信访、判后答疑等全部融为一体，为群众提供全方位诉讼引导服务。中心内复印、电话、传真、网络及休息座椅、饮水器具等设施一应俱全，极大方便了广大群众的诉讼活动。

在全方位为当事人的诉讼活动提供全程服务的同时，富平法院还将服务的触角延伸到基层，每月组织法官干警深入村组、社区、厂矿、学校和军营，开展平安创建和法律宣传咨询活动。对年老多病行动不便的当事人，则采取巡回办案，就地开庭的方式方便当事人诉讼。2015年，富平法院采取就地开庭办案占到总结案的10%以上。在巡回办案中，该院干警通过"群众说事、法官讲法"活动，教育群众明法释理，推进案件调解，使办案的社会效果与法律效果就地发酵。12月22日，该院执行局的两件执行案件执行到位，法官了解到其中一名当事人因照顾年老多病的老人无法前来法院领款。另一名当事人年龄高达75岁，恐来法院路遇不测。于是该院主管执行工作的副院长冯悦亲自带队，冒着冬至严寒，驱车分别前往阎良区和富平县曹村镇邹村三组，上门向当事人兑付案件款。

司法公开大手笔

强化司法公开，让各项诉讼活动在"阳光"下进行，是人民法院诉讼法的基本要求，也是现代司法制度下人民群众的热切期盼。在此方面，富平法院积极回应群众关切，借助互联网和现代信息技术自媒体等平台，全方位立体化地通过法院三大信息平台，将诉讼活动、执行活动、裁判文书等予以公开。当事人通过中国法院裁判文书网络，即可查阅各自所涉及或所关注案件的审理进展与结果，还可以接受社会公众对法院司法活动的监督。该院还通过陕西公众诉讼服务网、新浪网法院频道、微博等对一些重点案件进行视频或图文直播，2015 年通过上述直播平台直播庭审 36 件次。2015 年 11 月 16 日，富平法院公开审理了一起买卖合同纠纷案件，该案由院长党宏军担任审判长，整个庭审过程通过新浪网法院频道进行了全程视频直播，富平法院新浪官方微博对此次庭审活动也进行了同步图文直播，群众足不出户就可以观摩富平法院庭审现场。当日共有 3 万余名网友观看了庭审情况，有 6000 余名网友进行转发和评论，富平法院官方微博粉丝数量当日净增 3000 人。院长带头办案并通过微博、视频直播庭审，成为富平法院司法公开乃至富平县法治进步的标志性事件。

以微博、微信和法院网站为平台的信息化建设，使富平法院的司法公开高歌猛进，步入"线上"时代。2015 年 9 月 11 日，富平法院召开首场新闻发布会，现场通报了该院当年 8 月份执行专项行动开展情况，向各新闻媒体并通过该院官方微博、微信平台向社会公布第三批失信被执行人名单。通过公布失信被执行人的姓名、照片、住址和欠款，重拳铁腕打击各种形式的规避执行行为。该院官方微博、微信晒老赖活动产生积极的影响，短时间累计阅读量达 10 万人次。12 月 17 日上午，富平法院首次启用单兵系统指挥执行行动，对位于富平县城南韩大街被执行人党某某、王某某经营的两处网吧分别实施扣

押、查封措施，相关院领导和执行局局长杨军等在法院审判执行指挥中心现场指挥执行行动，纪检组组长高建峰也在执行指挥中心对执行活动进行了监督。本次强制执行现场所有活动，通过执行单兵指挥系统将执行画面实时传回法院执行指挥中心，在执行指挥中心的指挥下依法执行，执行人员对执行整个过程进行了拍摄录像，富平法院新闻信息中心以《带着微博去执行》栏目，在富平法院官方微博、微信上对执行活动进行了现场直播，共发布微博 9 条，实时阅读量达 5000 人次，网民转发微博、微信达 600 余人次。

在自媒体蓬勃发展的新形势下，该院把网站、官方微博、微信作为规范司法，便民服务的重要平台，突出抓好信息公开，以公开促公正。法院官方"两微"发布案件和工作信息共 6000 余条，富平法院微博、微信在国家网信办、人民网发布的全国政法系统运营榜单中曾排名第三。该院副院长刘爱民的新浪微博"法官爱民"荣获全国十大基层公务人员微博奖，亦是全国法院系统唯一一名获奖者。富平法院通过自媒体宣传，既宣传了法律，又增进了与群众的沟通与互动，赢得了人民群众的理解和赞扬。

不平凡的 2015 年即将成为过去，崭新的 2016 年扑面而来，面对新任务新挑战，富平法院干警将在院党组的带领下，锐意进取，创新奋进，忠于职守，努力让人民群众在每一起司法案件中感受到法院工作的公平与正义，为建设富裕和谐美丽富平做出新的更大的贡献！（文：雷争放，图：王进）

（原载渭南法院网，2015 年 12 月 31 日）

专稿专版类

富平县奶山羊基地见闻

在富平县采访，听的，见的，最多的是奶山羊。

4月下旬，正是春羔上市旺季，我们去县城的奶山羊市场。这天，正逢集日，只见人头攒动，熙熙攘攘。有的掰开羊嘴，正看"口"论岁；有的撩起衣襟讨价还价；一些有经验的买主还用手轻轻地捋捋奶羊乳头，将指头含在口里，咂着嘴唇品尝奶质的好坏。在这里，羔羊最多，地上摆的，自行车上载的，少则三四只一摊，多则八九只一群，扬头蹬蹄，咩咩欢叫……

近年来，富平县成年奶山羊存栏数基本稳定在14万只左右，一到春季，新出生羔羊达20多万只。1978年以来，该县已向全国27个省市的500多个县调拨良种羊14万只，每年产鲜奶2.8万吨，提供商品奶1.5万吨。至于淘汰宰杀的劣种羊和公羔羊更是不计其数，大大丰富了西安、铜川、阎良和渭北许多县镇的肉食市场及人民生活的需要。

家家都有"羊银行"

在富平县淡村乡古西村，两排整齐的农舍前，户户门前拴着奶山羊，细颈长腿，体大毛白，一只比一只好看。这就是用西农莎能奶山羊和当地羊杂交培育成的"关中奶山羊"，体重40多公斤，年产奶量在500公斤以上。"门前两只羊，开个小银行"，1只奶山羊，1年收入200元到250元，全县8万养羊户，1年收入就是1000多万元。

在北部沿山区的近10个乡镇，农民利用20多万亩天然草

场资源，采用半放牧半舍饲的方式。这里集中了全县奶山羊饲养大户，每户存栏在 10 只以上的农户达 130 多个。长春乡丑家村农民丑世杰，养羊 50 多只，其中产奶羊 39 只。这些专业大户饲养的奶羊单产虽不及中南部川灌区，但因其数目多，加上养羔育肥，1 年的经济收入也相当可观。地处北部大山区的峪岭、赵老峪、白庙 3 个乡，已成为该县公羔羊的异地肥育基地。

据县上的一位负责同志介绍，为支持奶山羊的发展，县上每年发放一定量贴息贷款，养一只羊划 2 分饲料地，并实行了羊奶收购旺季的最低保护价等措施，调动了农民养羊的积极性。

一支可观的收奶员队伍

在富平县乡村，每当晨曦初露，随着声声清脆的哨音，从各家各户走出来的老婆、老汉、媳妇、姑娘，手里提着桶，端着盆，向吹哨子的人走去。不用问便知道是收羊奶的来了。

这是一支没有固定收入的农民贩运队伍。目前，全县已有 700 多人。他们骑着自行车、轻骑，拉着架子车，开着"手扶"，每天清晨一溜溜，一串串，走乡串村，将撒落在 1233 平方公里的千家万户的 15 万多公斤鲜奶，在 4 个钟头内，全部送到 6 座乳品厂和 5 个收奶站。因为收奶员是按收奶量多少拿钱，大家积极性自然都高。为了避免相互争购，县上根据各乳品厂所在位置，对各收奶员划分了收奶范围。收奶员又给自己增加了新的工作内容：一是各自都在为促进自己奶区的良种繁育下功夫。据统计，全县 30% 的收奶员家庭先后饲养有种公羊，谁家的母羊要配种，一次也不能漏过。二是主动当养羊户的技术顾问。县上有啥养羊的技术资料，他们争着先送到自己奶区各户；县上发放养羊贷款，他们逐户担保，签订合同；谁家要买只好羊，他们帮助挑好的；三是帮助搞饲草饲料建设。去年秋季，全县通过收奶员共青贮饲草 1661 窖，415 万公斤，大大解决了冬季羊草不足的困难。

奶山羊办公室的使命

一天，在富平县老庙乡尹家村，记者见到近百名农民拉着羊候在一个院子里，如同医院里搞体检，随着叫号声，一个个羊主人拉着羊走了过去。一位个子不高，黑里显胖的中年女同志，顺手拉住一只羊的后腿，先测量体高、体长、胸围，再称重量……经过 10 多项测量后，又摸着羊奶问："每天产奶多少？""这是头一窝，挤 7 斤多奶。"女同志又后退了几步，转圈观察了一会儿，点点头说："第一胎，有发展，定一级。"话音刚落，羊的主人，一位 60 多岁的老头眉开眼笑，一下子扑过去把羊抱在怀里。接着是在羊耳朵上打定级钢印字样，填写登记卡片。这是县奶山羊办公室的同志在给羊做鉴定。

后来，我们注意观察了一下，在富平县差不多的羊耳朵上都钉有一块打有钢印的金属号码。"这有啥作用？"县奶山羊办公室主任王康身对我们说："打了号，填上卡片，等于给羊报上了'户口'，日后卖羊时，羊主人只要拿上卡片和耳朵上的号码相符，这羊便身价倍增，无论在县内还是县外，都会认为是一只优质羊，卡片随羊一起卖，奶山羊办有登记档案供买主可查。"对种公羊的管理更严，从原种场引进一入境，奶山羊办先建立起登记档案。为了防止近亲繁殖，他们对全县种公羊统一划片定点，规定一只种公羊在一个地区"服役"期最长不超过 3 年，全县 235 个配种点，300 多只种公羊，哪只羊已届满 3 年，该由甲地调往乙地，奶山羊办的同志都了如指掌。

对富平县奶山羊的发展，县奶山羊办可以说是立了头功。

奶山羊办总共 11 人，他们一年四季差不多 2/3 的时间在农村，王康身光自行车就换过 3 个。他们的主要任务是进行奶山羊品种改良，工业性试验，新技术推广，还要负责良种羊的调进、调出。去年，他们办各类技术短训班达 1640 人次，人工配种 26251 只，研究推广了对空怀羊、流产羊的人工催奶和非繁殖季节诱发发情新技术，提高了产奶量和配种率。他们还帮助群众种草，搞青贮，监督收奶政策，深受群众欢迎。

喜中之忧

"买羊肉吧？这是才杀的好羊，一公斤 6 元钱。"在富平县的一个小集镇上，我们数了数卖羊肉的摊点竟有十多家。随着那声声叫卖，记者心里的欢乐开始变成了忧虑。

据专家调查，我省近年来养羊逐年减少，加上物价上升，羊肉价格上升很猛，致使杀羊成风。这股杀羊风会不会在富平县再刮起？据推算，生产 1 公斤羊肉约需粮食 4 公斤，生产 1 公斤羊奶约需粮食 0.4 公斤，也就说从投入和成本的角度看，1 公斤肉的价格应该等于 10 公斤奶的价格，这是肉奶之间最基本的比价，也是决定奶山羊生死存亡的重要关系。在这方面，富平县是有深刻教训的。1983 年为该县奶山羊发展的第一个高峰期，总数达 14 万多只。那时，市场上羊肉价格一涨再涨，而鲜奶的价格每公斤仅 0.30 元，农民生产一斤鲜奶不如一瓶汽水值钱。到 1985 年，羊只存栏数就猛跌到 12 万只。后来，富平县人民政府将奶价提到每公斤 0.34 元，1986 年又实行淡季 0.44 元，旺季 0.40 元的最低保护价，使奶山羊迅速回升到今年初的 14 万多只。很明显，要稳定现有羊群，顶住羊肉价格上涨的冲击，就要随时保住奶价和肉价的平衡关系，同时返还更多的加工、商业利润于农民，才能使奶山羊的发展沿着"数量、质量并举"的方针再上新台阶。

应当指出的是，乳品工业生产的潜力大，但效益低。现在，富平县的乳品加工业已初具规模，有大小乳品厂6座，年生产奶粉能力为3000吨，其中两座县办乳品厂生产能力就达2750吨。而去年全县奶粉总产量创历史最高纪录，才只有1916.36吨。去年县上向农村投放收奶款617.13万元，获得的乳品工业产值和利税仅为1000万元和131.6万元。尽管富平县已有三项产品被评为部优和省优，销往全国20多个省市，打入国际市场，但乳品工业一旦失去市场或经济效益降低，就会重新出现"卖奶难"，奶山羊的命运也就可想而知了。

但愿这种担心是多余的！（记者：郗居正，通讯员：雷争放　王书明）

（原载《陕西日报》，1987年9月18日第2版）

寓教于乐　以乐促教

——富平县华朱乡以文化促社教的调查

随着农村社教的步步深入，富平县华朱乡村、社两级宣传文化队伍和阵地建设如雨后春笋，在农村大地中破土而出，并初步显示出了具有中国特色的社会主义群众文化的勃勃生机。

（一）

社教前后，华朱乡采取多方集资，先后建起了9个村级活动文化室。他们聘请美工和文字工作者，制作了35块村史展览牌，作为对青少年进行永久性教育的基本教材，陈列于文化室中，通过新中国成立前后、改革前后、现实与未来的对比，

向农民进行直观、生动、形象的社会主义思想教育。

为了解决群众的精神温饱问题，这个乡恢复组建了阎村、何仙、下庙、华朱4个社火队，把社教内容融于传统的社火活动中。另外，他们还组建了3个管乐队。这些民间社团，仅春节前后，就自编自演宣传社教的各种形式的文艺节目30多个，参与演出的群众达300多人。

村级农民技术学校，是华朱乡在科技兴农中诞生的一项新事物，它不仅向农民进行了科学意识教育，而且使科学技术很快变成现实的生产力。阎村农民技术学校先后3次请澄城县烤烟种植能手传经送宝，培训烟农120人，育苗80床，落实烤烟面积310亩。

（二）

形式多样、各具特色的文化户活动，是华朱乡在农村社教中出现的又一创造，它既填补了合作社一级宣传文化队伍阵地建设上的一项空白，又便于利用文化户的吸引力和辐射力向农民群众进行社会主义思想教育。全乡96个合作社，6400户农户中，共建立文化户281个，平均每23户就有一个文化户。其类型大致有以下几种：

家庭图书馆。由一些热爱文化事业，自购图书，借阅群众的家庭组成。锦川村刘镜澄家庭图书馆最具特色。自1979年以来，他坚持每年拿出一个月仅数十元的退休金自费购书办馆，无偿借阅。10多年来，这个家庭图书馆存书达3000多册，读者千余人，辐射周围六、七个乡镇。

家庭读书会。由具有一定文化素养和存书，在村民中德高望重且有凝聚力的离退休老干部以及其他农村老人家庭志愿组成。锦川村强家社退休老教师强启勋，从1988年起，成立由15个老人组成的读书会，每月坚持学习1~2次，从不间断。

家庭读报组。一般由订阅报刊较多参与社会活动较多的村干部和农村知识青年家庭组成，这些家庭除了具有电视机、一定数量的图书和乐器外，一般都订有省地县各级党报，各种科技、法制报刊。每逢农闲晚间，经常聚会一起吹拉弹唱，看电视，谈论国家大事，交流致富信息。

家庭剧团。赵坡村四社村民段生云投资 2000 余元，组成了 9 人的家庭木偶剧团，活跃在周围七八个乡镇，演唱于大街小巷。

（三）

华朱乡各具特色的群众文化活动，促进了农村社教向深度和广度发展，形成了家家学政策，户户谈社教，人人得知识，个个受教育的局面，使社会主义思想教育，真正达到了入耳入脑、入口入心。科技培训和各种文化活动，使农民群众在自娱自乐中学政策，长知识，得技术。东新村党支部、村委会在调整农村产业结构的同时，先后办起了 10 个村社企业，建成了两个综合市场。健康淳朴的群众文化活动，占领了农民劳动之余的闲暇时间，使群众在自娱自乐中净化社会风气，在潜移默化中自我教育。锦川村村民曹改儒义务为贫困户裁剪缝纫，义务举办培训班，培训百余农村妇女。去年，渭南地区在这个乡召开了尊老敬老"一三一"活动现场会。今年 3 月，他们又对全乡涌现出的各种先进人物进行了表彰，农村社会主义精神文明建设在这个乡一年一个新台阶。（张全枢　赵春喜　雷争放）

（原载《陕西日报》，1992 年 4 月 6 日第 3 版）

一个农民信得过的后勤部

——来自富平县生产资料公司的调查

实在令人难以相信，仅有 75 名职工的富平县生产资料公司，今年，他们不仅 223.4% 地完成了全年利润任务，还先后荣获了"省级先进企业""省级先进党支部""省级重合同，守信用企业"，连续两年被评为"省级文明单位"，再次被评为省级"三优一满意"单位，蝉联三连冠。

带着强烈的好奇心，我们对这个单位进行了调查，谜被解开了。

他们的主要做法，有以下四个方面：

一、专营狠抓"管"字，突出"廉"字

1991 年，是农资专营的第三年。如今，执行专营政策、实行公开、严守纪律已在这个公司制度化，规范化。他们狠抓了两项工作：一是管严自己，始终坚持分配指标、政策、办法、数量、品种、价格六公开，把专营工作置于社会和群众监督之下。从各方面、各环节杜绝乱批乱供等不正之风。去年一年，公司和基层供销社及供应点，没有发生一起违纪案件，他们所经销的 51544 吨化肥，全部按政策规定供到了农民手中。二是管好市场，针对农资市场又开始出现混乱的状况，他们对全县 32 个乡镇、23 个基层供销社和农资市场进行了两次全面检查，清理取缔了非法经营单位和个体户，整顿了农资市场秩序。

二、供应狠抓"保"字，突出"全"字

搞好农业生产资料供应，关键在于量足质好，价格稳定。

为此，公司领导向县供销社和县委、县政府立下军令状，如达不到上述要求，情愿被降薪撤职。1991 年夏收前，计划内优质化肥到货很差，他们派出 8 名工作人员分赴川、晋、甘、宁、新等省区，一方面催调货源，另一方面联系采购，不仅加快了计划内化肥的调运速度，还组织回计划外尿素 1100 多吨，保证了秋管、秋播用肥。他们严把进货质量关，公司进的货，从未出现假冒伪劣商品，深得群众信赖。价格上，他们从进货成本、运杂费用、商品损耗等方面做文章，均保持稳定价格。此外，他们还扩大了销售范围，去年经销的各类农资商品已增加到 327 个品种，仅此全年可获利润 10.5 万元。

三、服务狠抓"优"字，突出"实"字

他们在全县设立了 7 个系列化服务点，50 个信息调查点，220 个科技示范户，县公司还成立了"农资科技服务中心站"、"庄稼中心医院"，并设立了 24 个庄稼分院，配备庄稼医生 77 名，全县成立了 12 个机防队，依靠这些服务机构和科技人员，向广大农民提供产前、产中、产后系列化服务。组织科技人员下乡帮助农民测土提供施肥配方，测报可能发生的病虫灾情，供应所需的化肥、农药等；充分发挥庄稼医院的作用，为农民提供防治病虫害所需的物资和技术，还帮助农民推销农副产品。深秋，雷村、老庙一带农民收获的大葱、花椒因滞销而积压，公司很快派出 8 名工作人员到甘、宁等地，广泛联系，大力推销，先后销出大葱 5 万多公斤，花椒 6000 多公斤。

四、管理狠抓"新"字，突出"让"字

经营管理方面，着力于创"新"字，抓"让"字。"新"就是有新招，"让"就是让利基层，让群众满意。

经销的全部农资商品，基层供销社能销出的基层社得利，销不出去的退回公司。基层社去年前 10 个月销售的农资商品比前年同期增加 46.7%。

公司牵头组织了有 50 多辆手扶拖拉机、150 名工人的松散型运输队，商品随到随卸随送，减少了重复装卸、看管、堆存等费用，大大降低了商品成本。富平县的化肥综合价格在全地区最低，采用这一招后，不仅给公司节约费用 5 万多元，还给基层社和农民让利 78 万元。

成立售后服务小组，配备了缝包机、绳线和原包装袋，保证售出的商品质高量足、包装完好。去年，这个公司更换化肥包装 24561 袋，支付费用 3 万多元。（齐宇强　李印功　吴强运　雷争放）

（原载《渭南报》，1992 年 1 月 28 日第 2 版）

发挥司法职能　助推中国梦

近三年来，富平县人民法院坚持"为大局服务，为人民司法"的工作主题，强化服务意识，狠抓审判执行工作，全力维护公平正义，促进社会主义民主法制建设，以司法职能的有效发挥，助推中国梦的实现。富平法院以不凡的工作实绩被省高院授予信访工作先进单位、无执行积案先进法院、档案管理先进法院、宣传工作先进单位等荣誉称号；被渭南市评为先进法院，荣获集体三等功；在富平县年度责任目标考核中连续 3 年被评为优秀单位并获奖励。

履行职责，创新社会管理的稳定器。近年来，富平法院在工作中以促进县域经济发展，维护一方平安，提升人民群众幸福指数为执法办案宗旨，提出并始终如一坚持"准立案、重调解、慎下判、强执行、审执兼顾、案结事了"的审判工作方针，使人民司法既成为社会矛盾纠纷处理的最后一道屏障，又成为创新社会管理实现社会长治久安的稳定器。2012 年全院共受理各类案件 2155 件，依法平稳地审、执、结 2082 件，结案率达 96.61%。其亮点是：严惩犯罪保平安，全年受理各类刑事案件 121 件，审结 115 件，结案率为 95.04%。给力调解促和谐，坚持调解优先原则，积极探索多元化调解社会矛盾的新模式，充分发挥基层法律工作者、司法调解员、人民陪审员、人大代表、政协委员以及村组干部的作用，形成共同调解的合力。加强诉调对接工作，使调解时间延伸、地点拓宽、主体扩大、方法创新，基本形成了"全面、全程、全员"的调解工作机制。全年共受理各类民商事案件 1837 件，审结 1779 件，结案率为 96.84%，调撤率达 78.36%。注重协调化争议，积极探索行政审判工作新途径，努力化解官民矛盾。全年受理行政诉讼 18 件，审结 17 件，其中协调解决 10 件。受理非诉执行案件 39 件，执结 37 件。"清积"带动强执行，积极开展创建"无执行积案先进法院"活动，全年受理各类执行案件 173 件，执结 165 件，执结率为 95.38%，执行案件和解率达 61.84%，执行总标的 1000 余万元。

能动司法，实现中国梦的助推器。富平法院把工作自觉纳入全县经济社会发展的大局中来谋划，增强司法保障的针对性和实效性，为新农村建设、产业优化调整、城乡协调发展、重大基础设施建设服务，以能动司法助推国家富强、民族复兴、人民幸福为本质内涵的中国梦的实现。该院在全省法院中率先开展了法官包村（社区）活动。全院干警深入乡村、社区，发放宣传资料 7000 余份，召开座谈会 71 场（次），化解纠纷 86 件，征询到意见建议 52 条。强化诉讼服务便民利民，全年依法依规减缓免诉讼费近 15 万元。对一些涉及县域经济发展或民生的重点案件，从院领导到审判庭，均采取提前介入，掌握动态，制定预案，与行政机关紧密配合，平稳处置，做到案结不添乱，事了促发展。

该院还认真贯彻中省市县信访维稳工作会议精神，坚持实行领导值班接待制度，累计接待来访群众 661 人次，处理矛盾

纠纷 106 件。十八大召开前，对全院近年来审结和正在办理的案件进行全面摸排并逐一登记造册，落实稳控化解责任，为党的十八大胜利召开营造了祥和稳定的社会环境。

作风建设，锻造忠诚为民的法院队伍。近三年来，富平法院坚持思想政治建设不动摇，每周一全体干警例会学习制度雷打不动，认真开展政法干警核心价值观教育和演讲比赛，积极参加省市法院组织的法官培训轮训，学习外地法院审判管理经验，开展岗位练兵活动。加强纪律作风建设，不断健全管理制度，经常对上下班情况随机抽查通报，并纳入年度考核。加强司法作风建设，杜绝"冷硬横推""门难进、脸难看、话难听、事难办"现象。强化依法办案，坚决防止审判执行中不依法办事的不作为、乱作为，杜绝一切不公正审判。强化严谨细致、认真负责的作风，杜绝庭审中的随意行为和裁判文书瑕疵的低级错误。强化严格自律、廉洁司法的操守，防止"吃拿卡要"和办"金钱案、人情案、关系案"等司法不廉行为的发生，全院层层签订廉政建设责任书，落实反腐"一岗双责"责任制。开展争先创优，去年多个部门和干警受到省市政法委及上级法院的表彰奖励。加强法院后备队伍建设，连续三年通过全省公务员招录，为法院输入了一批法律专业人才。今年年初，院党组从全院干警中优中选优，选拔 6 名干警充实院党组班子和院执行局领导。大胆启用年轻干警充实审判一线，对全院中层干部及部分审判岗位的干警任职作出调整，涉及职务变动的干警达 33 人。与此同时，大力加强司法宣传，增强队伍建设正能量。去年整理编发工作简报 84 期，多篇被中、省、市级媒体采用。（雷争放）

（原载《当代陕西》，2013 年第 8 期）

在司法体制改革浪潮中探索前行

2015 年，富平法院乘着党的十八届四中全会的强劲东风，高举依法治国伟大旗帜，在司法体制改革浪潮中探索前行，各项工作取得了显著进展。至 10 月末，全院共受理各类案件 4168 件，审（执）结 3159 件，分别较上年同期增长 63.77% 和 54.92%。所结案件中审限内结案率、人民陪审员陪审率均达 100%，案件调撤率达 83%，审判执行工作呈现案结事了的良性运转局面。

党的十八届四中全会召开后，司法体制改革在全国法院系统如火如荼地徐徐展开，富平法院在工作中全面贯彻落实党的十八届四中全会精神，不断完善工作机制，多举措探索司法体制内部运行机制改革，其工作亮点主要有：一是成立诉讼服务中心，实行立案登记制。实行立案登记制，解决人民群众长期存在的"立案难"，是人民法院完善司法便民利民措施，有效提升司法服务群众的能力和水平，努力实现让人民群众在每一个司法案件中都感受到公平正义的必由之路。为此，富平法院根据《最高人民法院关于全面推进人民法院诉讼服务中心建设的指导意见》和《陕西省高级人民法院关于全面推进人民法院诉讼服务中心建设的实施方案》，立行立改成立了富平县人民法院诉讼服务中心。诉讼服务中心的成立，进一步整合了有限的审判资源，让人民群众最大化地感受到优质的诉讼服务，有效增强人民群众的满意度，方便了群众诉讼。二是推行司法公开制度。富平法院以"平台"搭建为着力点，通过法院文书上网等信息公开制度的实施，进一步促进了司法的"阳光"运行。在立案大厅实行"一站式"便民服务平台，提

供诉讼引导、立案受理、材料收转、法律咨询、司法救助、诉讼收费等服务；依托公开栏公开法官姓名、职务、办公电话以及举报电话，尽量让当事人的诉讼请求以最快的速度进入诉讼渠道，极大地方便了人民群众诉讼；以法院官方网站、官方微信、官方微博为平台，实时公开法院工作动态、审判流程、案件审判信息、开庭公告等相关内容，并以微博、视频直播等媒体直播庭审，让社会公众全面了解审判工作；深入推进裁判文书公开平台建设，在外网公开裁判文书，让人民群众了解法院的审判活动，实现阳光司法，让审判权在阳光下运行。落实人民陪审员倍增计划。富平法院以前原有人民陪审员46名，在落实最高法院和省法院有关文件精神中，将人民陪审员增至116名。人民陪审员通过与法官共同审理案件，既充分发挥人民陪审员化解矛盾纠纷独特作用，又强化了审判工作的透明度和人民司法的人民性，方便了人民陪审员对法院工作的监督，对实现司法民主，确保司法公正，增强人民司法公信力起到了有力的制度保障作用。三是扎实推进法院信息化建设。近年来，富平法院把信息化建设作为法院工作重点，在经费紧张的情况下，坚持高标准、高起点、高要求的原则，对信息化建设加大投入，从人力、物力、资金等方面全力保障，为审判工作构建了高标准的信息化工作平台。主要成果是建成了执行指挥中心。富平法院执行指挥中心面积约150余平方米，配备了由9块46寸拼接屏组成的高清LED显示屏，实现了画面的任意分割、组合。执行指挥中心配备了车载远程取证系统、执行单兵系统，运用3G/4G/WIFI无线监控、GPS定位等先进手段，采用高清图像解码流媒体技术，使图像声音清晰，可视化操作简便，基本实现了指挥人员在执行指挥中心与在外执行人员即时对话，观看指挥现场，根据现场情况，及时协调处置暴力抗拒执行和群体性突发事件，将大大节省请示汇报时间，有效提高执行效率。富平法院执行指挥中心的建成，有望对人民群众反映强烈的"执行难"问题有望实现突破性的解决，是富平法院提升司法公信，维护司法权威的一项重要改革举措，也是富平法院信息化建设取得重要成果的标志性工程。建成新闻发布中心，定期召开新闻发布会。富平法院按照最高法院要求，从政治建院、促进司法公开、提升人民法院司法宣传手段的高度，十分重视新闻发布例会制度的信息平台建设，高标准地建成了陕西省首家基层人民法院新闻发布中心。新闻发布中心的建成，使富平法院新闻发布例会制度有了一个展示的信息平台，对审判工作、队伍建设、法院建设等工作中的重大事项，通过该信息平台向各新闻媒体发布新闻，或以此为平台，通过本院网站、官方微博、微信等自媒体，向社会公众发布新闻和司法信息。实现办公办案电子化。到目前为止，该院共配备微机近 200 台，专职信息管理人员 3 名，建成了百兆局域网，与法庭、上级法院间实现了互联互通。法院局域网的建成，使该院的办公办案实现了自动化和电子化，通过法院综合管理系统实现了内部管理的网络化。制定了详细周密的《网络管理使用办法》等规章制度，保证了全院的信息化工作的高效和安全运转。四是扎实开展"司法规范化建设年"活动。按照省法院的安排部署，富平法院紧密结合本院工作实际，在广泛调研的基础上，制定了《富平法院关于开展"司法规范化建设年"活动的实施方案》。该实施方案紧紧围绕立案环节、审判环节、执行环节、申诉信访环节、司法保障环节等方面提出了具体的规范和整改内容，切实转变工作作风，规范审判执行行为，下大力气深化司法规范化建设，全面提升工作质效和规范化水平。同时，富平法院为了切实推进"司法规范化建设年"活动，自今年 7 月 1 日始至今年 9 月底，在全院范围内开展了"四比四看"结案竞赛活动。全院实行中层以上领导带头办案制度，盘活了法院审判资源一盘棋。结案竞赛活动激发了全院干警多办案的工作热情，为富平法院下半年审判质效跃上新台阶，全面完成全年工作任务营造了良好的工作氛围。五是实行审判区与办公区相对分离。为了规范审判管理，增加审判工作

透明度，防止审判暗箱操作，杜绝审判人员私自会见当事人，富平法院实行了审判区与办公区相对分开的管理模式，分别建立了法官通道和当事人通道，对外来人员实行安全检查制度。要求法官不得在办公室接待当事人，禁止外来人进入办公区。为了使审判区与办公区分离制度得以顺畅实施，富平法院对诉讼服务中心进行了改造，建立了接待诉讼参加人的专用接待室、接待上访人的信访接待室，并充分发挥值班法警的引导作用，最大程度的使当事人来法院诉讼有接待、有导诉，避免当事人在审判区的滞留。通过这一措施，不仅规范了法院机关的管理，增强了管理的有序化、规范化，而且有效地加强了法院队伍的廉政建设，使阳光司法的各项诉讼活动在审判区的有效监督监控下进行。

在司法体制改革浪潮中探索前行的富平法院，现对 2015 年的法院工作进行年终大盘点，总结经验，查找不足，汲取教训，厉兵秣马，谋求突破，并积极筹划新一年人民法院的各项工作。（雷争放）

（原载富平法院网，2015 年 11 月 6 日）

《渭南报》齐村乡专版

稳农兴工重教 实现双千目标

我乡地处富平县城西北，西邻咸铜铁路与庄里镇接壤。全乡辖 14 个行政村，有耕地 5.4 万亩。1988 年完成工农业产值 2151 万元，农民人均纯收入 339 元。

我们今年工作的指导思想是，稳农兴工重教，实现双千目标。一是稳定粮食生产，实现人均粮食产量超千斤。二是振兴乡村企业。目前,我乡已有乡村企业200多家,从业人员3600多名。今年年初,我们制定了《关于扶持企业发展的10条规定》,通过上空白、上紧缺、上水平,使全乡乡村企业总收入达到1600多万元。形成以到庄公路为轴线,西到和平村,东到桥西村的建筑、建材和化工塑料、食品加工的工业布局和集镇布局。三是开展多种经营,重点抓好安乐村的种子,薛堡的养貂、街子、杨村的蔬菜,横坡村的黄牛改良,桥西、安乐村的养猪,北三村的花椒和全乡的奶山羊等7大农业商品基地的建设。

今年,我乡将集资25万元,建新乡中教学楼两幢;集资2万元,配合县政府完成到庄公路齐村段的5公里柏油路面铺设任务;完成董南、安乐两村的万亩方田二期建设工程,建成义门、桥西两个村的千亩吨产粮田。衬砌U型渠道5000米,新打机井5眼,平整土地300亩;完成西陵、石科、支沟3个村11万株花椒林带建设;新建乡泡沫塑料厂、小五金厂和废旧塑料加工厂等。

安乐农技站　服务上万家

齐村乡安乐村农技站是富平县唯一的村级农技综合服务经营实体。建站两年来共接待群众咨询2000多人次,举办各类短期培训班12次,参加人数累计达1000多人次,印发各类技术资料上万份,服务区域辐射全国6省20多个县市,受益1万多个农户。

安乐农技站在种养业方面向农民服务的内容有:产前的种子信息、产中的技术管理、产后的对口销售等。两年来,共组织农民繁育玉米良种2500亩,提供种子40万公斤;引进推广无架瓜蒌120亩,板蓝根80亩,"中绿一号"绿豆600亩;引进蔬菜良种20余种,种植面积增加到500多亩。仅粮、菜、药三项就为本村农民增加收入100多万元。另外,还帮助农民建杂果园林1300亩,栽植果树6万多株。从西北农大调回纯

种奶山羊种公羊 6 只，建起了安乐村关中奶山羊核心群。目前，小麦品种从根本上得到了优化，使全村小麦总产由两年前的 75 万多公斤增加到现在的 125 万公斤以上。

水貂养殖基地——薛堡

齐村乡的水貂养殖业近两年有了突破性发展，被省、地有关部门誉为渭北旱原上水貂养殖"明珠"。全乡以方井村薛堡社为重点，共养水貂 3490 头，其中种貂存栏 2895 头。去年向国家交售貂皮 500 多张，产值 60 多万，其中收入千元以上的有 66 户，收入 5000 元以上的有 20 多户，收入过万元的 6 户。

为了给养貂户提供产、供、销一条龙综合服务，乡上于 1987 年元月成立了水貂养殖协会。养貂协会紧紧把握水貂生产的各个环节，先后举办培训班 7 期，参加人员达 660 多人次。协会还同县物资回收公司签订了物资供应和皮张交售合同，与养貂户建立了"一定四包"生产管理责任制，即分片定户，包疾病防治，包物资供应，包资金筹集，包种貂调配。由于养貂协会提供了良好的技术和管理服务，现在全乡的水貂养殖业正呈方兴未艾之势，并向其他乡镇扩展。

街子村的九眼藕

齐村乡街子村新产的富平九眼藕，是以莲藕根茎有较稳定的大小九个通气孔道而得名。据测定，它含淀粉 18% ~ 20%，蛋白质 1%，还含有胡萝卜素、硫胺素、维生素 C、钙、磷、铁等，营养丰富，吃起来又很脆，生食熟食皆宜。还可以制作蜜饯、藕粉，畅销西北五省。

党的十一届三中全会之后，街子村的仁里、街子、神下等合作社的农民，为了发展商品经济，脱贫致富，在温泉河两岸开发了不少藕田。据统计，现在这几个合作社，已有莲藕地 100 余亩，亩产 1000 ~ 1500 公斤。他们的辛勤劳动，不仅增大了自己的收入，而且为改善蔬菜品种结构，调节市场供应，满足城乡人民生活需求做出贡献。

齐村乡骨干企业介绍

富平钢厂是齐村乡三合村从西宁市引进资金兴办的钢材改制厂。年加工生产 20 多种规格的圆钢、螺纹钢 3000 多吨，年设计产值 400 多万元，利税 20 万元，产品质量好，信誉高，价格合理，深受用户欢迎。

富平草酸厂是齐村乡新办的化工厂，总投资 80 多万元，从业人员 30 多名，年产草酸 300 吨，设计产值 150 多万元，利税 30 万元。

义门水泥厂是齐村乡义门村同省建一公司合资兴办的水泥企业，年产 325 号硅酸盐水泥 6000 吨，产值 60 多万元，产品质量高，价格低，供不应求。

和平塑料彩印厂是和平村的村办企业。主要生产各种规格的塑料彩印包装袋。年产值 50 多万元，产品远销铜川、西安、韩城、合阳及山西等地。"宝塔牌"奶粉袋被省轻工部门评为优质包装袋。

富平振兴造纸厂年产"月季牌"卫生纸 200 多万包，产值 20 多万元，产品销往甘肃、青海及陕北等地。

乡机砖厂是富平县乡镇机砖生产的最大厂家，年产成品内燃砖 1500 万块，产值 50 多万元，利税 6 万元。经省砖瓦研究所多次鉴定，质量优良，产品合格。

乡建筑公司下辖 7 个建筑队，大包各类工程建筑及楼房建筑。（雷争放）

（本栏稿件由富平县委通讯组提供）

原载《渭南报》1991 年 8 月 17 日第 3 版·杜村镇专版

《陕西日报》"各县春秋"专栏·富平县专版

人口　638644 人
面积　1233 平方公里
特产　宝塔牌羊奶粉　太后饼　合儿饼　琼锅糖
名胜　唐五陵　铁佛寺　圣佛寺塔

新官上任之后

一天，我们去采访富平县委书记张驰和县长乔俊武。正巧他俩要下乡，客随主便，我们跟着上了车。

乔俊武、张驰是去年六月和九月到任的。当我们提起富平经济发展情况时，乔俊武同志满有信心地说："今年我们的目标是，工农业总产值达到二亿七千七百九十二万元，较上年增长百分之十三。"张驰同志补充说："为了进一步发挥富平以水泥、蔬菜、奶山羊、建筑为主的四大产业优势，充分利用南（西安）北（铜川）市场，从年初我们走了两步棋，一是县内公路的升级和路政管理，二是农村商场群的建设。"

今年已快完了，那么这两步棋走的如何？我们在县城西部，欣喜地看到纵贯南北的人民路，昔日污水横流，坎坷窄小，事故频发，经过近半年的改造拓宽，已成为宽十四米，两侧人行道各八米的繁华街道。新建了富平汽车客运站，增修了城区东环路，庄里南环路，修复横跨县境中部东西干线上的宫里沟土桥等多处大型工程。在西包、西禹公路沿线的杜村、庄里、王寮等十三个乡镇，投入资金三十七万元，建起规划合理、系统齐全、布置规范、环境良好的农村商场群。在县城，日批发量达十多万斤的富平菜场已于年初营业。

富庶太平之邦

富平取地平丰富之意，故后人誉之为"富庶太平之邦"。

富平位于关中东部，渭水之北，雄踞通往陕北腹地的咽喉地带。咸铜、西韩、梅七、西延四条铁路穿越境内，西包、西禹、阎富三条公路在县城相汇。粮食作物以小麦为主，播种面积居全省各县第二。经济作物有蔬菜、棉花、大麻、油菜、烟草、柿子、花椒、罐梨等。省、地、县属企业五十三户，其中县乳品厂为全国最大的现代化羊乳品加工企业，年产奶粉两万吨。全县耕地一百二十万亩。去年，全县粮食获得了总产二亿四千一百多万公斤的好收成，较一九八〇年增长了百分之八十，为国家提供商品粮一亿零九十四万斤。工农业总产值达二亿五千二百七十点六万元，乡镇企业总收入九千零七十三万元。

五陵秋色

"五陵秋色"为富平八景之一，分别是唐中宗定陵、唐代宗元陵、唐顺宗丰陵、唐文宗章陵、唐懿宗简陵。中宗定陵位于宫里乡北部凤凰山中峰，因山为陵，高八百零二米，封内周长达二十公里。原有南朱雀、北玄武、东青龙、西白虎四门，皆筑有土阙，门外各有石狮一对，唯北门外独多一对白马。朱雀为陵的正门，去门半公里，两旁各有石刻文臣、武将六对，马四对，独角兽、金瓜一对，另有高大的无字碑一座。这些石雕珍品，皆造艺精湛，形神毕肖，惜于"文革"中遭到严重破坏，现仅存石人一对，石狮一对。

横向联合

富平县近年来从省内外引进资金一千五百五十六万元，成交项目五十五项。到现在，已投产的八个主要项目获产值一千二百余万元，预计五十五个项目全部投产后，将获得年产值三

千三百多万元，利润六百多万元。

三大名优特产

富平县是闻名全国的奶山羊基地县。去年，县乳品厂生产的"宝塔牌"全脂甜羊奶粉、淡羊奶粉双获中商部优质产品奖。

庄里"合儿饼"，源于明代。它以个大，质润，霜浓，营养丰富，放进茶水里可溶解而驰名。曾为宫廷食品。因两个柿饼蒂与蒂相对，合在一起而得"合儿饼"。

"太后饼"源于西汉，文帝之母薄太后平素喜食，故得其名。"太后饼"用白面、猪板油等精制而成，外皮焦黄，酥脆，内质层次分明，柔软可口。一九八四年被评为陕西省传统名特食品。

富平名人　代有杰出

富平英豪，代有杰出。秦始皇统一天下，军功以频阳王翦、王贲父子为最。明初布政司使张紞，治滇十八载，教养西南各兄弟民族生息相安，吸收中原文化而渐近文明。明代四朝元老太子太保、吏部尚书孙丕扬，以严治吏，百僚无敢营私。清翰林院检讨"关中三李"之一李因笃，学以朱熹为宗，工于诗，尤精音韵，曾独绝一时。清广东陆路提督张青云，坚守广州，力拒英寇，为第二次鸦片战争中抗英民族英雄。胡景翼，字笠僧，今庄里陵怀堡人，辛亥革命著名将领，曾任靖国军总指挥与河南军务督办兼省长等职。一九二四年与冯玉祥发动"北京革命"，挫败曹锟贿选总统阴谋。一九二五年病逝于任上，时年仅三十四岁。习仲勋，现任中共中央政治局委员，富平县淡村乡习家堡人。一九八二年被省委省政府追认为中共党员、革命烈士的大学生邵小利，家住洪水乡赤兔村。（雷争放）

（原载《陕西日报》，1986 年 12 月 28 日第 2 版
"各县春秋"专栏（第 49 期）·富平县）

后　记

　　纠结了好长时间，一生中有效工作时间的二分之一都是在从事新闻工作，有心将以前发表过的稿件整理出本小集子，算是对自己从事新闻工作的小结，了却一桩心愿。但我清楚地知道，新闻作品是短命的，过不了几日，就失去了可读性和吸引力，因此犹豫了好几年。后来在富平法院副院长刘爱民、政工科长李冬菊的鼓励下，终于将其整理编辑成册。

　　《回放》这本集子所收录的作品，主要是本人自1986年至1994年在富平县委宣传部任通讯干事时所发表的部分作品，后期任富平县法院新闻信息中心主任期间所写的新闻稿也部分予以收录。回忆任县委通讯干事那些年，由于年轻，有激情，经常下乡采访，加班加点写稿，可以说是报上有形，广播电台有音，电视台还能偶尔露个名，稿件被省内众多媒体采用。经常去基层采访，也交了好多朋友。原水利局局长韩仕伟是个水利专家，经常给我们提供全县水利方面的素材，所以写了多篇反映全县水利建设成就和农田基建方面的报道。在通讯干事任上，有些事还是值得回味的。比如说，现在提起富平这一县名，人们都说源于"富庶太平"，但"富庶太平"是怎么来的？谁也说不清。其出处应当来源于我的一篇文章。1986年我为《陕西日报》"各县春秋"专版栏目组稿，当时去老县城找县志办主任盖景春老先生，他为我提供的稿件素材中将富平县的渊源和历史变迁写了一大篇，即先频阳，后土门，再频阳，以及以后自甘肃将富平县迁入原频阳县而成为今日的富平县，但就是没有说富平地名与"富庶太平"有关。在《陕西日报》1986年12月28日第2版'"各县春秋"专栏（第49期）·富平县'的专版稿件中，我在介绍县情一文中用的标

题是"富庶太平之邦",文章首句写"富平取地平丰富之意,故后人誉之为'富庶太平之邦'"。自此,"富庶太平"成为富平的代名字而流传至今,但要说其真正的来历,可能就源于《陕西日报》的这篇专版稿件。通讯干事任上发表的部分稿件,在当时确实产生了积极的影响,其中有几篇还获得了各类奖项,其中就包括陕西新闻奖。我个人认为,发表于《陕西日报》1986 年 8 月 3 日第 2 版的通讯稿《山山岭岭传呼唤》算得上一篇上乘之作,文章将烈士的英雄事迹、战场上的场景与情景展现于读者面前,以情感人。至今读来,还会令人难以忘怀烈士的忠诚与英雄气概。其次还有《赵老峪变了》《身在油库不沾"油"》《富平县奶山羊基地见闻》以及后来在富平法院新闻中心主任岗位上所写的《青岗岭上绘新图》《"双微"小文章 普法大作为》(以下简称《"双微"》)等,也都在当时被县上的干部群众所认可。其中《"双微"》那篇文章属近期较火的一篇,最高人民法院网首发当日,中国长安网、新浪网、搜狐网、今日头条、西部法制网等纷纷予以转载。

《回放》一书在整理编写过程中,得到了富平县人民法院院长党宏军的重视与支持。原陕西日报副总编辑、原省新闻出版局副局长任中南,富平县人大常委会主任任润民,他们也在百忙中抽出时间,不吝笔墨作序。西北大学出版社的领导与编辑,为本书的编辑出版给予多方面的建议与帮助。借此,对上述领导和同志,致以衷心感谢和敬意!

由于《回放》是旧闻的收录与结集,受当时历史条件的限制,有些稿件在主题思想和价值观上可能与今人的思维不相适应,行文语言方面也有不规范之处,错误在所难免,敬请广大读者见谅!

编者　雷争放

2017 年 4 月于富平县法院